Otros Libros de Randy Jurado Ertll

Hope in Times of Darkness: A Salvadoran American Experience
Esperanza en Tiempos de Oscuridad: La Experiencia de un Salvadoreño Americano
The Life of an Activist: In The Frontlines 24/7
In The Struggle: Chronicles
The Lives and Times of El Cipitío
La Vida y los Tiempos del Cipitío
The Adventures of El Cipitío
Las aventuras del Cipitío
La Siguanaba and The Magical Loroco
La Siguanaba y el Loroco Magico
Race Wars: El Cadejo
El Cadejo Entre el Bien y el Mal

EL CADEJO

ENTRE EL BIEN Y EL MAL

una novela de

Randy Jurado Ertll

Publicado en los Estados Unidos por

ERTLL PUBLISHERS

WWW.RANDYJURADOERTLL.COM

ISBN 978-1-7342708-2-2 (pbk.)
ISBN 978-1-7342708-3-9 (ebk.)

Primera edición 2021

Impreso en los Estados Unidos

1 2 3 4 5 6 7 8 9 10

EL CADEJO

ENTRE EL BIEN Y EL MAL

PRIMERA PARTE

CAPÍTULO I

¿Cómo dos gemelos podían ser de diferentes colores? Uno el Cadejo Blanco y el otro el Cadejo Negro. Así se preguntaba y respondía el Cadejo Blanco, y continuaba: ¿Por qué el infierno le había elegido para ser su representante en la tierra? En realidad había sido creado por el Príncipe de las Tinieblas, y a pesar de ello tenía que luchar contra sus demonios internos. Y para complicar las cosas, tenía que lidiar con su hermano gemelo, su némesis, el Cadejo Negro.

Fue concebido en la cima de La Puerta del Diablo, que permanece abierta en El Salvador. Allí —a todo lo largo y ancho de esa cima—, una brisa fresca nunca cesa. Pero debajo de esa puerta, aun bien cerca de la superficie, las fosas del infierno contienen lava volcánica hirviendo y se pueden escuchar los gritos de las almas caídas.

En 1540, este Cadejo (el Blanco, quien es el protagonista de esta historia) se encontraba sobre la cima de La Puerta del Diablo, exactamente en los Planes de Renderos, y se preguntaba cómo sería viajar a la costa norte en un barco. Decidió así que se trasladaría al puerto de Acajutla y comenzaría la construcción de tres grandes embarcaciones que finalmente atracarían, en 1542, en la actual ciudad de San Diego, en California.

Los guanacos (en este caso los salvadoreños) han estado presentes en la tierra que ahora se conoce como los Estados Unidos, desde el siglo 1500. No es broma. ¿Quién crees que trajo la planta Flor de Izote al país de los gringos? Vinieron a bordo de los barcos que construyeron en el puerto de Acajutla. Y los nombres de los bajeles eran San Salvador, San Miguel y La Victoria. Como polizones también venían la Siguanaba, el Duende y el Cipitío. Y de ellos circulan rumores de que desembarcaron en San Diego, pero que habían ido a parar a San Francisco, para finalmente decidir establecerse en la actual ciudad de Los Angeles, también en el estado de California. Asimismo circulaban otros rumores de que estos espíritus seguían vagando por esa ciudad y que el Cipitío esta enterrado en el Cementerio Angelus-Rosedale.

El Conquistador Pedro de Alvarado comenzó los preparativos de la expedición en 1540. Entonces fue cuando el Cadejo Blanco tuvo una idea demoníaca, la de hechizar el caballo de Alvarado una vez que llegaran a México, para que el corcel, poseído por un embrujo de venganza, aplastara al pinche conquistador hasta asesinarlo. ¡Qué ironía!, Pedro de Alvarado había aplastado la resistencia Pipil/Mayan en América Central, pero más tarde sería aplastado, en un extraño accidente, por su propio percherón, y pocos días después murió, era el año de 1541.

Juan Rodríguez Cabrillo se hizo cargo entonces de la expedición que había dejado su líder, y se le dio el crédito de ser el primer europeo en haber explorado la costa de California. De ahí el nombre de varias zonas costeras llamadas Playa Cabrillo.

El Cadejo Negro, por su cuenta y riesgo, abordó el barco de San Salvador. Y el Cadejo Blanco se escondió dentro del

San Miguel. Ambos detestaban el barco La Victoria, ya que Pedro de Alvarado le había puesto ese nombre, después de la exitosa conquista de los colonizadores españoles sobre el pueblo maya de El Salvador. La Siguanaba, el Duende y el Cipitío sí se escondieron en el barco La Victoria.

El Cadejo Blanco ayudaría a implementar el plan de los colonizadores, que venía a ser el intento de robar las tierras de los nativos americanos. El Cadejo Negro, por su parte, tendría que luchar contra las malvadas maneras del Cadejo Blanco, quien se mezcló bien con los españoles, a los que les ofreció sus experimentados artilujios de colonizador.

El Cadejo Blanco ya se había hecho famoso entre los portugueses, por sus expertas estrategias para la esclavitud, puesto que había sido el principal arquitecto en el robo de esclavos del barco portugués São João Bautista en 1619, por lo que entonces pudo hacer un trato con los británicos. Los 20 esclavos, que eran angoleños, fueron trasladados por la fuerza al barco británico León Blanco, que un tiempo atrás había traído a los primeros esclavos a la costa este de los Estados Unidos. El León Blanco desembarcó en 1619, en tierras del estado de Virginia. Y de hecho, ya se puede adivinar que quien estaba en esa embarcaión ¡era el Cadejo Blanco!

La misión secreta de los colonizadores españoles, Alvarado y Cabrillo, era explorar América del Norte para que España robara más tierras para el Rey y la Reina. Pero los británicos echaron a perder sus planes, pues habían comenzado el saqueo de las tierras norteamericanas antes que España.

De tiempo atrás, el Cadejo Blanco pudo convertirse en el mejor asesor del imperio español, porque supo cómo infiltrarse y conquistar los imperios maya y azteca. La Malinche fue en realidad la propietaria del Cadejo Blanco y también la verdadera guía para los colonizadores españoles, cuando estos penetraron en Tenochtitlan.

Así, el imperio azteca vino a ser colonizado totalmente por los españoles en 1521. El Cadejo Blanco logró formar parte de los *pipiltin* —que era la clase social noble dentro de los aztecas. Pero en seguida los traicionó y decidió hacerse aliado de los españoles e incluso llevó como prisioneros a miles de aztecas a la actual Guatemala, Honduras, El Salvador y otros países de América Central.

Estos indígenas llegaron a ser conocidos como *pipiles* en El Salvador. El Cadejo contribuyó a la destrucción de su historia, cultura y forma de vida de los *pipiles*. Sus tierras fueron robadas con saña. Si se resistían, El Cadejo, junto con la clase noble de los conquistadores y los mestizos traidores, no tenía piedad de torturar y asesinar a los indígenas. Sus templos, casas, agricultura y textos fueron quemados. La biblia maya, el *Popol Vuh,* fue censurada y quemada y la Biblia católica/cristiana reemplazó al *Popol Vuh.* Se hizo disponible sólo en el idioma español. Los indígenas fueron forzados a olvidar sus lenguas nativas y se les exigió que adoptaran el idioma español. El idioma oficial de la nueva tierra.

El Cadejo, al lado de los conquistadores, impuso el catolicismo y requirió que los indígenas se convirtieran. Tenían que leer y seguir la Biblia cristiana. No el *Popol Vuh.* Este libro incluía a los gemelos héroes mayas: el Cipitío y el Duende. Pero la historia de los dos cadejos estaba prohibida.

◆ ◆ ◆

El Cipitio se hizo pasar por un personaje al que temer y que asustaba a los niños. También, El Duende fue usado como un personaje para asustar a niños y adultos. Los españoles y los mestizos comenzaron a decirle a la gente, "compórtense, lean la biblia cristiana, o El Duende saldrá del bosque y de las montañas para venir a robar a sus hijos por la noche".

Los mayas estaban aterrorizados con el Cipitío y el Duende. Y también aprendieron a temer a la Siguanaba, la madre de ambos. La describían como una mujer malvada y de rasgos grotescos; entre esos rasgos, resaltaban los pechos grandes y caídos que chocaban con sus rodillas y la hacían inclinarse hacia adelante, los cabellos largos y sueltos y las uñas afiladas.

Por otra parte, el Cadejo Blanco prohibía que el lenguaje náhuatl fuera hablado por los indígenas nativos de América Central. A estos ya no se les permitía vagar desnudos por la tierra. Tenían que emular y vestirse de manera similar a los conquistadores españoles. El sacerdote de las misiones e iglesias requería que los indígenas usaran ropas y, en específico, exigían que las mujeres se cubrieran los pechos y sus partes pudendas.

El Cadejo Blanco comenzó a desarrollar un plan maestro, estratégico, de colonización, para tomar el área ahora conocida como Norteamérica. Quería que se le pagara a través de aquel plan que presentaría a los reyes españoles, para desarrollar el establecimiento de la Iglesia católica en todas las Américas del Norte y del Sur, con un enfoque especial hacia la conversión de los indígenas al catolicismo.

Al Cadejo Blanco se le ocurrió la idea de titular su plan como El Virus. Recomendaría entonces al reino español traer ratas, y otros animales ya infectados que podían regar virus mortales. Esto ayudaría a propagar la enfermedad y la muerte entre los nativos americanos.

El Cadejo Blanco era un psicópata, sin conciencia, sin emociones; no tenía empatía por nadie y solo amaba la riqueza y el poder. Su dios número uno era el oro y el dinero.

El Cadejo Negro era todo lo contrario; quería entregarle al mundo un mensaje de esperanza, un mensaje de paz y compartir las riquezas con todas las personas. Mientras estaba en el barco San Salvador, que se dirigía a la actual San Diego, en California, soñaba despierto en cómo ayudaría a proteger a los indígenas y a salvar los recursos naturales de las tierras en las que pronto desembarcaría. Una vez, sintió una fuerte llamada, algo así como un sentimiento de afinidad con todo el mundo. Sabía que los nativos americanos admiraban la vida salvaje y no la destruían o mataban solo por diversion, sino que cazaban búfalos, ciervos y otros animales para comer y sobrevivir. El Cadejo Negro también sabía que los nativos americanos veían a los perros como el mejor amigo del hombre, y que los humanos habían migrado, desde África, a Europa, Asia, y eventualmente a través de la actual Alaska para llegar a Norteamérica. Y eran los perros los que protegían a los humanos y los ayudaban a sobrevivir sabiendo dónde encontrar comida, agua y rutas de navegación seguras.

Sabía asimismo que los nativos americanos veían a los perros negros, blancos y de todo tipo de colores como iguales. El Cadejo Negro estaba consciente de que los nativos americanos habían previsto el futuro y que los ingleses, franceses, holandeses, españoles y otros conquistadores llegarían un día a robar y destruir sus tierras.

La misión del Cadejo Negro era, pues, la de advertir a los nativos americanos de que los colonos británicos y españoles estaban llegando ya y que tenían un aliado malvado que no podía ser destruido, y que venía a ser su gemelo, el Cadejo Blanco.

Sabía incluso más, que el Cadejo Blanco era capaz de hacer cualquier cosa para ganar dinero y oro. Mentiría, engañaría y mataría. El Cadejo Negro ya había sido testigo del salvajismo y la deshumanización de su hermano, desde que Cristóbal Colón llegó a la isla de Salvador en 1492. Desde aquella vez, creyó ver la codicia de Cristóbal Colón y cómo el Cadejo Blanco había desatado la muerte, la violencia y el odio en el Caribe, México, América Central y América del Sur.

En 1519, el Cadejo Negro intentó, desesperadamente, evitar la invasión de Hernán Cortés y la conquista de Tenochtitlán. Aquí fue donde Hernán Cortés esclavizó a Malintzin —que finalmente se conoció como la Malinche. Cortés le dio el nombre español de Marina. Ella era la traductora oficial de los conquistadores españoles. Lo que los escritores de la Historia han dejado fuera es que la Malinche era la "dueña" del Cadejo Blanco. Y este conocía las rutas secretas de cómo infiltrarse en el imperio azteca cuyo cuartel general se encontraba en Tenochtitlán. El Cadejo Blanco fue así el verdadero guía de los conquistadores españoles, con los aliados de su tribu indígena, que eran enemigos del imperio azteca.

En 1520, los mechicas realmente derrotaron a las tropas españolas de Hernán Cortés y sus aliados indígenas. Se conoce como la Noche Triste. Pedro de Alvarado lideró la carga de las tropas y cuando Cortés llegó pronto se dio cuenta de que los mechicas tenían la ventaja. Intentó retirarse en la oscuridad de la noche pero los mechicas atacaron sin piedad, hasta el punto de que se vio a Hernán Cortés llorando como un bebé. Los mechicas comenzaron a gritarle y a llamarle "pinche chillón". Entonces fue que juró, junto a un árbol, mientras lloraba, que volvería y vencería a los mechicas. Y en verdad, él contaba con asesores, que conocían mucho de todo aquel mundo, y que le ayudarían a lograr ese sueño de conquista y que eran nada más y nada menos que la Malinche y el Cadejo Blanco.

◆ ◆ ◆

En 1521, Hernán Cortés, con la ayuda de la Malinche y los servicios de consultoría del Cadejo Blanco regresó y dirigió los esfuerzos para derrotar al imperio azteca. En alguna de las reunions que Cortés tuvo con los jefes indígenas, se encontra el Cadejo Blanco, que aprovechó la occasion para toser violentamente sobre aquellos líderes aztecas y así poder infectarles de viruela. Este Cadejo, específicamente, tosió frente a Moctezuma II. Y, pronto, millones y millones de aztecas murieron debido a la maligna propagación de los virus por el Cadejo Blanco. En aquella occasion, aquel vil personaje aullaba de contentura y sus ojos pasaron de un azul profundo a un rojo intenso. Ojos rojos como brasas de fuego.

En otro sentido, los ojos del Cadejo Negro eran de color marrón claro y tenían un destello de luz y esperanza en su interior. Parecidos a los ojos de Neil Diamond cuando cantaba "Sweet Caroline". Otro de los sueños del Cadejo Negro era conocer a Neil Diamond y beber un espumoso *crackling rosé*. El favorito de Neil. Los ojos del Cadejo Negro expresaban amor, pureza, perdón y redención. Por otro lado, los ojos del Cadejo Blanco expresaban odio, traición, muerte y furia. Reflejaban las fosas ardientes del infierno.

Una vez completado su contrato con el imperio español, el Cadejo Blanco decidió establecerse en la tierra ahora conocida como Los Angeles, California. El Cadejo Negro, siempre contrario a su hermano, decidió viajar por el mundo.

CAPÍTULO II

Este personaje mágico del Cadejo Negro asumió la persona de William Ellis, un afroamericano que decía ser mexicano y se llamaba Guillermo Enrique Eliseo o Guillermo Ellis. Vivió de 1864 a 1923 y se convirtió en un multimillonario que usaría sus habilidades para hacerse pasar por mexicano, ya que tenía una fascinación particular por México, debido a que la esclavitud no existía allí. También supo, por su familia, que más de cuatro mil esclavos negros habían huido de los Estados Unidos a México (entre 1861 y 1865), en busca de su libertad, durante la Guerra Civil de la nación del norte. Guillermo Ellis quería demostrarle así al hombre blanco que un hombre negro podía convertirse en multimillonario. Sin embargo, tuvo que fingir ser mexicano, hasta el punto de que aprendió a hablar el español con fluidez. Pero, claro, es que aquí Ellis era el Cadejo Negro.

La esclavitud de los africanos existió en México desde 1519, pero después que México se independizó de España en 1821, la esclavitud fue proscrita y los esclavos fueron emancipados, especialmente los esclavos que tenían 14 años o menos. El Cadejo Negro incluso se trasladó a Nueva York para establecer su negocio de importación y exportación de cuero, algodón y otros productos en Wall Street. Realizó importaciones y exportaciones. También se inspiró en la persona del patriota cubano José Martí, quien residía en Nueva York en esos tiempos porque los españoles no le dejaban entrar en Cuba. Pero esto solo lo hacía este buen cadejo por diversión. En realidad, el objetivo de William Ellis (o el Cadejo Negro) era hacerse pasar por blanco o mexicano, para establecer colonias de negros en México y poder darles trabajo. Y así era esta filantrópica criatura. Siempre buscando la manera de realizar el bien y hacer que las cosas funcionaran en provecho del hombre. Su objetivo venía a ser ordenar el mundo y crear posibilidades al ser humano para que viviera en paz y de esta manera estimularles a que se educaran en un verdadero comportamiento de hermandad. Pero una vez que el Cadejo Negro creía que ya había cumplido sus objetivos, se iba a otras países en busca de nuevas aventuras en las que pudiera hacer el bien.

De hecho, después de México, se mudó al Japón donde pudo estar un tiempo, admirando a los perros que le atraían mucho por su inteligencia y fidelidad. Él sabía que allí respetaban y veneraban a esos animales. Cuando el Cadejo Negro se hizo muy conocido por sus buenas obras, en Japón, adoptó uno de estos hermosos animales al que llamó Hachiko.

El país entero se enamoró de Hachiko, por los actos circenses que hacía en los hospitales para entretener a los enfermos. Este perro fue muy famoso por las piruetas y cosas que hacía y que siempre impresionaban a todos los que se relacionaban con él. Las gentes incluso dieron donaciones para construir en su honor y hasta algunos empezaron a querer al Cadejo Negro por lo bien que trataba a su perro. El 124 emperador de Japón, Hirohito, se intrigó por la popularidad de Hachiko, hasta el punto de ponerse celoso, porque quiso que el perro aquel le perteneciera y no saliera de su palacio. Sin embargo, Hachiko nunca le hizo caso y cada vez que la guardia imperial lo llevaba al palacio, el animal, con su inteligencia y audacia, se escapaba e iba de nuevo hacia donde estaba su dueño, el Cadejo Negro, que se reía con la picardía de aquel que sabe que su perro no iba a cambiar su fidelidad a él por un palacio ni por el trato con un emperador.

En otro lugar del mundo, el Cadejo Blanco oyó hablar de Hachiko, de su fama de perro saltarín y benefactor de enfermos, y se volvió envidioso y celoso. Por esta razón, el Cadejo Blanco decidió visitar Japón para hablar con el emperador Hirohito, y ofrecerle sus servicios de consultoría experta. Eventualmente, el Cadejo Blanco terminó sirviendo como asesor de Hirohito durante la Segunda Guerra Mundial, y le dijo al emperador: "Debes apoyar la supremacía blanca, del hombre blanco occidental, que ahora es el poder. Hitler es un tipo adorable", llegó a decirle, y es que el Cadejo Blanco era muy astuto no solo por los temas que empleaba para convencer al emperador, sino porque además llevaba una poción especial que lograba hacer de reyes, reinas, presidentes y emperadores todos unos dundos; es decir, los convertía en tontos, gente lela que se dejaban manipular. Les preparaba una sopa de pitos que adormecía a cualquiera y les hacía verdaderamente dócil y fácil para engañarlos y persuadirlos. Esa era la receta secreta de El Cadejo Blanco: una sopa de pitos y para la cual él llevaba las plantas de pito siempre consigo. El sabía que se podia encontrar con gente de esta clase a las que trataría de manipular.

El Cadejo Blanco también tenía el poder de inventor y compartir cuentos de hadas que la gente se tragaba, y los decía con tanta habilidad que incluso personas estudiadas y de poder se quedaban en duda de si lo que él les contaba eran mitos o realidades. Durante el siglo XVI, creó el rumor de que California era en realidad una isla. Y les hizo creer al dundo europeo que solo eran narraciones inventadas, porque esa "isla californiana" nada más resultaba un mito, una isla sin valor, que no tenía amazonas ni oro. De manera que convenció al imperio español de aquel entonces de que no había nada que se pudiera sacar de California. Que debían conquistar México, Centroamérica, el Caribe y Sudamérica. Y es que el Cadejo Blanco quería California para él.

Este ser infernal tenía poderes de teletransportación y podía aparecer y desaparecer de cualquier lugar del mundo. Y eso lo hacía por largos períodos de tiempo, y cuando surgía en algún lugar, en algún país o region, es porque ya traía su intención, y ofrecía sus servicios de consultoría a innumerables emperadores, presidentes, reyes, reinas y tiranos. Y lo peor de todo es que esta malévola criatura era inmortal.

Así, la vez que se dio cuenta de que había podido engañar a la Corona española regresó a la otra region de Californian (llamada Alta). Eso fue en 1846. Entonces se convirtió en californio y tramó implementar el derrocamiento del gobernador Pío Pico. Pico era de ascendencia española, africana e indígena. Realmente su familia resultaba ser mixta. Y el Cadejo Blanco no soportaba a Pío Pico, porque le recordaba a un cíclope antiguo. Le veía como si fuera otra criatura que se encontraba con su realidad infernal; bueno, más que todo eran sus características que el Cadejo envidiaba de Pío Pico, esas de ser alguien extravagante, insaciable de lujuria y de riqueza, amante de los juegos de azar y le gustaba grandemente causar litigios de los que se podría beneficiar. Al Cadejo Blanco le llamaba la atención el hecho de que el gobernador Pío Pico tuviera problemas de acromegalia. Esto de la monstruosidad la envidiaba el Cadejo Blanco. La cabeza de Pío Pico, manos, pies y otras partes del cuerpo continuaban creciendo ampliando su anomalía, su deformidad y desmesura. Similar al tamaño de André el Gigante. Y al Cadejo Blanco no le gustaba nadie que pudiera ser más alto que él. Su ego era más grande que la Gran Muralla China. Tenía arraigada una genética maligna de envidia, egoísmo y celos. Por eso no soportaba al gobernador Pío Pico.

Durante un tiempo este engendro aconsejó a las tropas de EE.UU. invadir México y eventualmente tomar la Alta California. De modo que grandes conflictos llevaron a la Guerra México-Americana de 1846 a 1848, hasta que ambos lados decidieron firmar el Tratado de Guadalupe Hidalgo, oficialmente conocido como el Tratado de Paz, Amistad, Límites y Arreglo entre los Estados Unidos de América y la República Mexicana.

Los Estados Unidos acordaron pagar 15 millones de dólares a México y de esta manera pudieron anexarse a Texas, California, Arizona, Nevada, Utah y Colorado. Hasta el día de hoy, el Tratado de Guadalupe Hidalgo sigue siendo una herida abierta para México. Y asimismo hasta el día de hoy, sigue siendo un secreto el hecho de que el Cadejo Blanco había poseído al presidente Santa Anna para traicionar a su propio pueblo. Le dio una sopa de pito, y el dundo presidente Santa Anna vendió una gran parte de las tierras de México a los Estados Unidos.

El Cadejo Blanco se aprovechó de las divisiones y el

odio entre los Estados Unidos y México. El Cadejo Blanco se convirtió en un experto en la implementación de planes políticos traicioneros y malvados.

Descubrió que ciertos virus podían eliminar a los nativos americanos de América del Norte. Comenzó a propagar intencionalmente virus asesinos llevando pequeños ratones y ratas a los territorios controlados por los nativos americanos. Esta fue su malvada forma de causar grandes enfermedades que eventualmente llevarían a muertes masivas. La orina y los excrementos de las ratas pueden infectar a los humanos causando problemas respiratorios, fatiga, dolores corporales y fiebres intensas. Además, las víctimas desarrollaban ataques de tos que se hacían crónicos y no cesaban.

Solamente otro individuo conocía la capacidad y las profundidades de la maldad del Cadejo Blanco. Y ese era el Cadejo Negro. Este había descubierto que las plantas nativas indígenas podían curar algunas enfermedades y sin querer descubrió que la planta chipilín podía contrarrestar la COVID-19.

El Cadejo Negro sobrevivió a las hambrunas de El Salvador comiendo chipilín. Esta planta nativa tenía poderes mágicos que hicieron al Cadejo Negro más fuerte de lo que realmente era, y le ofreció protección contra los hechizos de su malvado gemelo, el Cadejo Blanco.

Volviendo al Cadejo Blanco, este —una vez que implementó la eliminación de los indígenas en las Américas— se teletransportó en 1885 a la region del Congo, en África. Y allí tomó la apariencia de Leopoldo II, rey de los belgas y del Congo, donde gobernó hasta 1908. El rey Leopoldo II odiaba a los negros y esclavizaba a niños y adultos. Aplicó el trabajo forzado y si los residentes del Congo se resistían o se quejaban, ordenaba a los jefes que les cortaran las manos de aquellos "negros que podían ser rebeldes e insolentes". Sí, el rey Leopoldo II se burlaba de los negros del Congo y se refería a ellos como "esos negros rebeldes".

Entre tantas cosas que hizo, un día el Cadejo Blanco, transformado en el rey Leopoldo II, asistió a la Conferencia de Berlín en 1884, donde las naciones coloniales europeas le dieron plena autoridad y propiedad del Estado Libre del Congo. ¡Qué nombrecito le buscaron para una pinche contradicción! Si, en verdad, el Congo no era libre, y todo no más parecía una burla. Era una vergüenza para los países poderosos. El Cadejo Blanco, de inmediato, propuso que ayudaría a los habitantes del Congo, lo cual era una mentira muy bien montada que aparentaba ser verdad, porque lo decía de una forma muy seria, que parecía convencer a los ingenuos habitants de ese país. Él simplemente quería robar marfil y caucho, para saquear los recursos naturales mediante el empleo de mano de obra forzada del pueblo congoleño. En realidad, era una verdadera esclavitud disfrazada, crímenes contra la humanidad, un genocidio. Entre 10 y 15 millones de congoleños murieron por este "trabajo forzado". El Cadejo Blanco se aseguró de infectar también a la población con la viruela y la enfermedad del sueño. Los congoleños se dormían con una enfermedad leve, o desarrollaban una enfermedad grave, y al rato morían mientras dormían. Muchos trabajaban hasta la muerte; otros fallecían por pérdida de sangre, ya que los colonizadores y capataces belgas los castigaban cortándoles las manos, por no cumplir con las cuotas de caucho o marfil.

CAPÍTULO III

El objetivo del Cadejo Negro era encontrar una planta y una cura para el racismo. Eso se convertiría en el sueño de toda su vida.

Por su parte, el Cadejo Blanco representaba la enfermedad, la guerra, el dolor, el odio, la envidia, los celos y, asimismo, representaba la esencia del racismo.

Por esta razón que guardaba en su malvado corazón, se vino a involucrar en el pecado original de los Estados Unidos: la esclavitud. Ese cabrón ayudó a iniciar el comercio de los esclavos en 1619. Dio su apoyo para establecer las plantaciones e incluso creó un manual sobre cómo torturar psicológica y físicamente a los negros cautivos. También ayudó a destruir vidas de nativos americanos infectando a propósito a los indígenas con virus. Se le ocurrió la idea de desarrollar reservas para los nativos americanos. Una vez que las tierras fértiles fueron robadas a los nativos, estos se vieron obligados a migrar y vivir en lugares situados en desiertos, en tierras infértiles y aisladas, donde los nativos americanos no serían vistos ni oídos por los colonizadores ni por los inmigrantes europeos.

La meta del Cadejo Blanco era crear un virus tan mortal que acabara con la mayor parte de la humanidad.

Contrariamente, el sueño del Cadejo Negro era crear la paz mundial y encontrar curas para combatir los virus mortales que se propagaban por su malvado némesis: el Cadejo Blanco.

Este último creía realmente que el diablo le había hecho especial. Con un coeficiente intelectual muy superior a la de cualquier otro ser humano. Él hablaba de las minorías étnicas y de los blancos progresistas como que "estos eran perros ignorantes, que no saben ni mierda. Yo soy quien tiene valentía y conocimiento de todo". Ese cabrón realmente pensaba que podia ser superior a cualquiera. Sentía que su genética europea lo hacía extremadamente inteligente y apuesto. Se miraba en el espejo y cantaba la canción de Rigo Tovar: "Perdóname mi amor por ser tan guapo".

Incluso se ponía gafas de sol y se dejaba crecer el pelo como Rigo Tovar. Ese cantante legendario mexicano que se conectaba con el folclore del pueblo. Conocía así a la gente y empezaba a cantar: "Oh que gusto de volverte a ver...".

El Cadejo Blanco sabía que vivimos en una sociedad de trucos, y las estafas se hacen al por mayor. En este mundo los perros se comen a los perros. Este fenómeno maligno representaba en mucho el lado oscuro de la humanidad. Resultaba ser alguien que apoyaba a los cabrones que pueden darte un trabajo, pero que no lo harán simplemente porque disfrutan viendo sufrir a los desempleados. Sí, esos cabrones que viven del dinero y de los programas de los contribuyentes; esos cabrones que se creen superiores a los demás, y que también son racistas, que no solo son blancos, sino que en buen número son negros, amarillos, marrones y de cualquier color que puedas imaginar. Esa clase de gente —que no deberían ser humanos— mientras tengan la oportunidad te van a joder. Te dispararán por la espalda. Igual que al joven Andrés Guardado le dispararon cinco veces por la espalda, por parte de un *sheriff* moreno en Gardena, California. Un hombre latino matando a un joven latino.

Un superintendente negro de las escuelas públicas, se convierte en opresor y se siente como si fuera el dueño de los esclavos. Maltratando a negros, morenos, a cualquiera. Una mujer blanca que dirige una corporación multimillonaria pero que maltrata y no promueve a las mujeres a posiciones de poder y las mantiene en la disparidad salarial. Un representante de recursos humanos asiático que siente que no debería contratar a otras minorías.

La historia mala de Estados Unidos está volviendo para atormentar a la gente de ahora. La colonización, la esclavitud, el genocidio de los indígenas, los sentimientos antiinmigrantes surgiendo de nuevo en el presente, para destrozar un país.

George Floyd, un hombre común, que ahora es tan relevante y famoso como Marting Luther King, Jr. y Malcolm X. Floyd, un gentil gigante, que durante más de ocho minutos fue torturado hasta la muerte. Sus famosas últimas palabras fueron "No puedo respirar". Suplicó y repitió "No puedo respirar", unas veinte veces en un lapso de ocho minutos y 46 segundos. Gritó: "Por su madre", mientras era torturado hasta la muerte. Gritaba: "¡Mamá!". El Cadejo Blanco ríe y adora el dolor. Adora a los asesinos, a los violadores, a los torturadores, y a los abusadores domésticos. Es uno de ellos.

Sin embargo, contrariamente, el Cadejo Negro gana el salario mínimo, lucha por los derechos civiles, cree que todos son iguales, ayuda a los demás, defiende los derechos humanos de la gente común. No es dueño de magníficas propiedades como aquel otro engendro del infierno. No recibe premios de reconocimiento de organizaciones sin fines de lucro o agencias gubernamentales. Y es que su piel oscura es detestada. Los racistas le perciben como si fuera alguien de bajos ingresos, que vive en el entorno urbano. Se le acusa de ser un impostor. Pero, por otra parte, es bien leído, habla claramente y con convicción, y tiene un coeficiente intelectual muy alto, y por eso mismo no le importa que le odien. Él sabe bien que el color de su piel determina su estatus en la Sociedad, y por ello elige no usar los trajes de Dolce & Gabbana y BRIONI y, en resumen, lleva ropa sencilla.

En lo que le toca al Cadejo Blanco, este solo usa trajes BRIONI y se acicala con la colonia CREED AVENTUS. Siente que la mierda y el pis de todos los demás huele, excepto su excreción. Nada más come azafrán, caviar, ostras, trufa blanca, jamón ibérico, carne de Wagyu, café Kopi Luwak y *foie gras,* son alimentos exquisitos para que sus pedos huelan a rosas. Su postre favorito es comer murciélagos vivos. Quiere absorber la mayor cantidad de bacterias y virus de estos para implementar su plan maestro, que es la propagación de la COVID-19 o coronavirus.

Adora el dinero y el poder por encima de todo. El dólar es su Dios. Inventa historias y crea rumores para destruir a otras personas. Ama y emula a Joseph McCarthy. Ese cabrón que destruyó la vida de tanta gente acusándola falsamente de ser comunista. Era simplemente un borracho que tenía odio y maldad en su corazón.

CAPÍTULO IV
(Pasando al presente)

El Cadejo Blanco ideó un plan más que maestro, siniesto, para crear caos en todo el mundo. Ayudaría a crear un virus monstruoso, y patentaría y marcaría la cura. Él ayudaría a crearlo. Entonces, sabría cuáles eran los ingredientes necesarios para ser incluidos en la vacuna. El hambre de dinero del Cadejo Blanco era hacer billones de dólares en ganancias, cuando vendiera su vacuna a miles de millones de seres humanos. Aulló y rió al estar seguro de todo el dolor y sufrimiento que crearía en todo el mundo, además de los miles de millones de dólares y euros que ganaría.

Este tipo despojado de toda piedad y de todo corazón por el ser humano era un genio extremadamente malvado. Primero, compró extensas tierra y propiedades en El Salvador y a lo largo de América Central, de Chiapas y del sur de México. Para asegurar los contratos con los agricultores que plantarían y cultivarían las plantas de chipilín, el principal ingrediente de la vacuna para combatir el virus mortal.

Los pandilleros, los criminales que dirigen organizaciones sin supuestos fines de lucro y, en general, todos los corruptos amaban al Cadejo Blanco. Se comunicaban entre ellos a través de Facebook, Instagram y WhatsApp, y decían: "El Cadejo Blanco es un líder tan fino, es tan cortés y bien hablado. No dice malas palabras, no habla de temas sexualmente explícitos, y usa la gramática adecuada. Es política y educadamente correcto".

Un aspirante a gangster, incluso, publicó un mensaje en el que decía:

Secuestramos, violamos, torturamos y matamos a hombres, mujeres, ancianos y niños inocentes. Pero no cruzamos la línea de usar un lenguaje gráfico o de malas palabras en nuestros correos electrónicos, ni en nuestras publicaciones en las redes sociales. En realidad, somos hombres honorables.

Sí, hombres honorables, reclutamos a niños para enseñarles a torturar y extorsionar a su propia gente.

El Cadejo Blanco sabía que la gente podía ser fácilmente manipulada con un buen lavado de cerebro, e incluso citaba a Saddam Hussein cuando decía: "Mata de hambre a tu perro y siempre te seguirá".

Su siguiente gran plan era convertirse en el traficante de drogas y proxeneta más rico de los Estados Unidos y del mundo. Pero para ello, necesitaba tomar el control de los ingredientes secretos que se incluían en la vacuna para erradicar la COVID-19. Lo que no se dio cuenta fue de que el hijo de puta de su hermano, el Cadejo Negro, quería también patentar y registrar el chipilín, que era una de las plantas más poderosas del mundo y que podría contrarrestar los efectos negativos de varios virus, en especial este del coronavirus.

A este gemelo benefactor se le ocurrió un plan ingenioso, y era el de solicitar ser el primer latino en dirigir el Cherry

Club, ese grupo ambientalista más poderoso de los Estados Unidos. Y, de hecho, colocaría a Latinx en su solicitud de empleo para que el Departamento de Recursos Humanos no supiera si era un hombre o una mujer. Y así iba a estar al día con el término políticamente correcto más de moda; es decir estaría, indudablemente, a la moda.

"Escribiré mi currículum en papel natural reciclado y usaré letra verde para mostrar mi compromiso con el Movimiento Verde", se dijo a sí mismo, y mientras admiraba su belleza, se preguntaba: "¿Debería ir a la reunión en blanco o negro, o marrón claro?". Todo esto él lo pensó, sabiendo que era un verdadero genio. Y, por supuesto, podía usar sus poderes camaleónicos para cambiar de piel y de color de pelo cuando le conveniera.

Pero todo ello venía a ser algo en lo que el Cadejo Negro se negó a participar, aun cuando sabia que lo podia hacer. Por encima de todo, quería permanecer fiel a su herencia africana y mantener su piel y cabello negros, con el propósito siempre de ser consistente y auténtico. Quería así lograr todos sus sueños, manteniendo su verdadera identidad y el color de piel y cabello que Dios le dio.

Por su parte, el Cadejo Blanco no tenía escrúpulos ni moral. El maldito hackeó las cuentas de correo electrónico de los miembros de la junta y del comité de contratación. De esa manera podía ver lo que decían de él y también ver si tenían algún acuerdo o asunto político secreto que pudiera usar en el futuro para manipularlos. También se dio cuenta de que planeaban tener un equilibrio racial en los comités de contratación y entrevistas.

Diez miembros tomarían la decisión final: siete blancos, un negro, un asiático y un latino. De esa manera podían decir que tenían tres minorías. Por supuesto, eran minorías de piel clara y cumplían la cuota del 1%.

En el caso específico del Cadejo Blanco, este decidió adoptar un tono de piel marrón claro. De esa manera podía complacer a todos, a los blancos y a las tres minorías. Creó una aplicación que detectaba su nivel de decibeles de acento. Buscaba que fuera exactamente al 50% del acento español. Así los miembros del comité podrían creer que hablaba inglés con fluidez.

Se puso su traje más exquisito para la entrevista. Por supuesto, hecho de algodón reciclado.

La entrevista se realizó en la mansión conocida como Antilia, la mansión más cara del mundo. Situada en Mumbai. Los promotores que construyeron Antilia son grandes partidarios del Fondo Mundial para la Naturaleza.

Los siete blancos eran altos administradores a los que se les pagaba más de 500 mil dólares al año, la empleada latina era la recepcionista y se le pagaba la friolera de 30 mil dólares. La empleada negra pertenecía a la Oficina Ambiental de Igualdad y Equidad, y la asiática venía a ser la contadora que tenía un doctorado de la Universidad de Harvard, una maestría de la Universidad de Stanford y contaba asimismo con una licenciatura de la Universidad de Oxford. Todos sus títulos eran en Literatura Americana, pero además era naturalmente dotada para los números, ya que sus padres de Arcadia la habían inscrito en el Centro Kumon de Matemáticas y Lectura de San Gabriel. En cuanto a la recepcionista latina, esta había recibido su BA de Occidental College y obtenido una maestría de la UC Berkeley. El individuo negro en el comité de contratación se había hecho también de su BA de la Universidad Howard y sus grados de Master y PhD de la Universidad de Columbia. Los siete miembros blancos del comité eran, cada uno, ricos y se veían como los típicos bebés del fondo fiduciario. Todos habían pagado a William "Rick" Singer, fundador del Edge College & Career Network, para que les llevara a la USC y a otras universidades de primer nivel.

El Cadejo Blanco eligió usar un traje verde claro, hecho a medida del cannabis. Su corbata se hubo de confeccionar de neumáticos de bicicleta reciclados y sus zapatos realizados a mano por niños explotados de la India. Se veía magnífico.

Cuando entró en la sala de conferencias de entrevistas, llevaba un sombrero de torero. El comité de contratación se encontraba asombrado de ver a un caballero tan cortés. Su acento era exquisito y agradable para los oídos de los entrevistadores. De hecho, se pusieron nerviosos en presencia del Cadejo Blanco, quien le dijo a los entrevistados que él se puso pantalones ajustados de torero para mostrar sus grandes pelotas; o sea, sus huevos de perro caliente.

El comité pidió a la joven latina que hiciera la primera pregunta. Esta se aclaró la garganta y preguntó: "Disculpe Sr. Cadejo, usted viene de un pequeño, casi invisible e insignificante país subdesarrollado, El Salvador". Y este, entonces, gruñó. Rápidamente tomó la ofensiva y le dijo a la Sra. Tokenita:

Disculpe, se pronuncia El Salvador, producimos el café más exquisito del mundo y George Meléndez Wright, mi primo, era miembro del Sierra Club y fue líder en ayudar a solidificar el Servicio de Parques Nacionales. Sucedió que asistió a Berkeley y probablemente subvencionó su educación allí.

Le guiñó un ojo a la Sra. Tokenita y concluyó diciendo: "Juego, *set,* Partido". Los siete entrevistados blancos quedaron realmente impresionados, un latino haciendo una referencia al tenis. Cada uno de ellos se envió un mensaje de texto con el pulgar hacia arriba. Prácticamente fue contratado. La habilidad de *hacking* del Cadejo Blanco había descubierto que los siete miembros blancos eran fans de Wimbledon, y esa era la clave para ganar su apoyo. Tuvo que dar la impresión de ser un conocedor del tenis.

El presidente de la junta directiva le dijo al Cadejo Blanco: "Lo hiciste excepcionalmente bien. Te llamaremos mañana para saber si vas a dirigir el Club de los Cerezos."

SEGUNDA PARTE

CAPÍTULO V

El plan maestro del Cadejo Blanco se estaba armando. Una vez que se convirtiera en el líder del Club de los Cerezos buscaría su objetivo final, ser invitado a convertirse en un miembro de la junta de Pfizer. La más poderosa y rica corporación de fabricación de drogas en el mundo. De esa manera podría usar a Pfizer como productor y distribuidor de la vacuna chipilín para contrarrestar el hantavirus, el coronavirus, el ébola, el virus de Marburg, la rabia, el VIH, la viruela, la gripe, el dengue, el rotavirus, el SARS-CoV-2, el SARS-COV2 (coronavirus) y el MERS-CoV (o el coronavirus del síndrome respiratorio de Oriente Medio).

El Cadejo Blanco sabía que una vez que obtuviera la patente y la marca de la vacuna CHIPILÍN, se convertiría automáticamente en un trimillonario.

¡Líder del Club de los Cerezos, un poderoso miembro de la junta directiva de Pfizer y un maldito trimillonario! Su objetivo era la dulce venganza contra la Siguanaba. Quien ahora servía como papisa de la Iglesia católica.

Primero, ayudaría a propagar el hantavirus, el coronavirus, el ébola, el dengue y el MERS-CoV. Quería que la población humana sufriera y muriera lo más posible.

Su lado demoníaco se alegró mucho al ver que la gente tenía fiebres, se desangraba hasta morir o desarrollaba inflamaciones mortales, y finalmente disfrutó al ver a la gente padecer de enfermedades respiratorias. Le encantaba ver a la gente gritar y decir: "No puedo respirar, no puedo respirar". Aullaba con alegría y risa. Sus ojos se volvían rojo brillante —se podían ver las fosas del infierno a través de su nariz y el fuego que salía por sus ojos. Sus testículos temblaban y crecían enormemente, ya que al ver a la gente morir, le provocaba erecciones. Se excitaba sexualmente hasta el punto de eyacular sin siquiera tener relaciones sexuales. Era como Derek Chauvin, el policía de Minneapolis que asesinó a George Floyd poniendo su rodilla en el cuello de este y a quien asesinó mientras suplicaba: "No puedo respirar". El pequeño y sucio secreto de Derek Chauvin viene a ser que es un sadomasoquista. Le encantaba frotar su pene mientras ahogaba a sus amantes femeninas o masculinas. Era un sodomita encubierto que eyaculaba mientras torturaba a sus mujeres o a gente a la que arrestaría.

◆ ◆ ◆

El Cadejo Blanco evitó recordar a "los pequeños", el Cipitío y el Duende. Los detestaba a ambos porque habían intentado asesinarlo horriblemente hirviéndole el culo en una sopa de pata. De Camilo Sesto tocaba "Tarde o temprano", para olvidar sus pequeños anos sangrantes (los del Cipitío y el Duende). Cuando se ponía muy jodido con la metanfetamina de cristal, hacía explotar "Tómame o déjame", de Mocedades, y "¡Qué Mala!", de Los Bukis. Una canción que secretamente dedicaba a la Siguanaba. Ese malvado cabrón todavía estaba enamorado de la mamá de las tetas grandes.

◆ ◆ ◆

Por su parte, el Cadejo Negro tenía que asegurarse de que nadie descubriera su más profundo y oscuro secreto, y era el hecho de ser un informante pagado por el FBI y por la CIA. No cualquier informante de bajo nivel, sino un espía profesional altamente pagado. Su don... su habilidad para cambiar el color de la piel. Había desarrollado una buena imagen de luchador por los derechos civiles y los derechos humanos, lo que le dio un acceso sin precedentes a organizaciones tan firmes como la Asociación Nacional para el Avance de las Personas de Color (NAACP), la Unión Americana de Libertades Civiles (ACLU), UNIDOS (antes conocida como el Consejo Nacional de la Raza) y Asian Americans Advancing Justice. Se había infiltrado en todas estas organizaciones y en muchas más. Incluso había espiado al presidente Putin, de Rusia, fingiendo ser un perro leal de piel negra que Putin usaría para intimidar a los otros presidentes, invitados y visitantes extranjeros, como la canciller alemana Angela Merkel.

Su hermano, el Cadejo Blanco, era simplemente un colonizador y explotador. También tenía la habilidad de cambiar de color, pero en su mayoría se mantuvo blanco, ya que detestaba parecer más oscuro. Era un supremacista blanco y difundiría esa filosofía propagando distintos virus y convirtiéndose en el líder del Club de los Cerezos. Un gran equipo para promover la estabilización de la superpoblación. También usaría el Club de los Cerezos para respaldar y apoyar a los malvados planes de Pfizer de patentar y tomar posesión de todas las plantas chipilín que existen actualmente en el mundo.

La maldita guerra estaba en marcha. El Cadejo Negro contra el Cadejo Blanco. Pero como eran gemelos, resulta una gran dificultad identificarlos, y era debido a que la genética del diablo existía en ambos.

El Cadejo Negro necesitaba vencer a su hermano gemelo. El lado heroico de este Cadejo quería venganza y reparaciones por el tráfico de esclavos impuesto por su hermano.

El Cadejo Negro recibió una misión y se le ordenó solicitar ser superintendente del Distrito Escolar Unificado de Los Ángeles (LAUSD). De esa manera, podría convertirse en un gran vendedor y representante de la multimillonaria industria editorial. Así, como superintendente, tendría acceso sin restricciones para seleccionar e incluir solo ciertos libros, considerados seguros, y buscaría la forma de que sus colegas y autores favoritos consiguieran contratos de libros con las editoriales multimillonarias, y también con el LAUSD. Luego, esos mismos libros serían adoptados por la Junta de Educación del Estado de California, lo que haría que los distritos escolares estuvieran predispuestos a adoptar y requerir esos mismos libros, en todo el estado. Los libros de estudios étnicos fueron excluidos, a propósito, especialmente aquellos libros centroamericanos. El Cadejo Negro obtendría una parte de las ganancias del libro y tendría dinero extra para pagar a más informantes para sus misiones de espionaje —específicamente, para contrarrestar los esfuerzos del Cadejo Blanco.

El Cadejo Negro era un espía perfecto del FBI y de la CIA para infiltrarse y destruir a las Panteras Negras. El

Cadejo Negro incluso ganó el Premio al Héroe, del FBI, por planear el asesinato de Fred Hampton, aquel tipo que fue clasificado como el Mesías Negro por el FBI y por la misma CIA. Edgar Hoover sabía que había contratado a su mejor hombre, el Cadejo Negro. En ese caso actuó con humildad y mansedumbre cuando conoció a Fred Hampton. El Cadejo Negro usaba la jerga para halagar al Sr. Hampton diciéndole:

> Mi hombre, eres un gato especial. Quiero ser tu guardaespaldas y daré mi vida por ti. Eres un hombre hermoso e inteligente que puede llegar a ser más grande que Martin Luther King, Jr. y Gandhi.

El Sr. Hampton quedó impresionado con los halagos y le dijo al Cadejo Negro: "Ahora estás contratado; eres mi principal guardaespaldas". Ese fue el mayor error que Fred Hampton cometió en su corta vida. No se dio cuenta de que había contratado al otro hijo del Príncipe de las Tinieblas, el que lo traicionaría.

Una noche, Fred Hampton y sus amigos de las Panteras Negras se fueron a dormir. Su guardaespaldas, el Cadejo Negro, ya había drogado a Fred Allen Hampton con poderosas píldoras para dormir, con el propósito de noquearlo completamente en un sueño profundo. Cuando llegó la policía, el FBI y Edgar J. Hoover ya habían aprobado una sentencia de muerte. Fue asesinado a tiros, recibió a sangre fría unos doce disparos. El Cadejo Negro entonces implementó el plan COINTELPRO. Espiar, seguir, crear desinformación, y finalmente asesinar a todos los líderes de los Panteras Negras.

El Cadejo Negro tampoco tenía remordimientos, ya que sus genes malignos eran más poderosos que el color de su piel.

Un día a medianoche, el Cadejo Negro y el Cadejo Blanco tuvieron una conversación filosófica. Llegaron a un acuerdo de que el color de la piel y del pelaje no debía importar. Es que Dios y el diablo hicieron a los humanos y animales con una tremenda diversidad de colores. El Cadejo Negro incluso citó a Martin Luther King, Jr. al recitar: "Tengo un sueño, y es que mis cuatro hijos pequeños vivirán un día en una nación donde no serán juzgados por el color de su piel, sino por el contenido de su carácter".

El Cadejo Blanco estaba impresionado. Dijo: "Piénsalo, el mal viene en todos los colores. John F. Kennedy y John Lennon fueron ambos asesinados por hombres blancos". Ambos aullaron de risa mientras bebían un poco de Guaro y Ron con Coca-Cola.

El Cadejo Blanco concluyó su conversación diciendo:

Tenemos un largo y jodido camino por recorrer en relación con Race in America. La COVID-19 y otros virus y enfermedades continuarán exponiendo la estupidez humana, en relación a odiar a otras personas sobre la base del color de su piel y la identificación de su raza, etnia y nacionalidad.

CAPÍTULO VI

La verdad del asunto demuestra que todos los humanos están mezclados. La mayoría de los científicos se encuentran de acuerdo en que la humanidad se inició en África. Pero no importa que todos los humanos, incluyendo los supremacistas blancos, tengan raíces africanas. Puede que los racistas nunca quieran admitirlo, pero es una realidad. Y, por otro lado, los humanos han migrado desde siempre y lo harán por toda la eternidad.

Es solo que los Estados Unidos se fundaron sobre los principios de odiar y explotar a los indígenas y a los esclavos. El pecado original de América continúa hasta el día de hoy. Además, el Cadejo Negro y el Cadejo Blanco también coincidieron en que incluso dentro de ciertos grupos étnicos, el odio existe debido a la ignorancia de la aversión hacia el origen nacional. Por ejemplo, ¿se llevan bien los mexicanos y los salvadoreños? ¿Se llevan bien los palestinos e israelitas? ¿Se llevan bien los iraníes y los árabes sauditas? ¿Se llevan bien los japoneses y los coreanos? ¿Se llevan bien los armenios y los azerbaiyanos? ¿Se llevan bien los chinos y los japoneses? La lista puede continuar. La ignorancia humana va más allá del color de la piel. ¿Los negros matan a los negros? ¿Los latinos matan a los latinos? ¿Los negros matan a los latinos? ¿Los latinos matan a los negros? ¿Los policías latinos matan a los miembros de la comunidad latina? ¿Los policías negros matan a los miembros de la comunidad negra? ¿Las comunidades Latina y afroamericana matan a los policías blancos y negros? ¿Los blancos matan a los blancos? ¡Diablos, sí! ¡Todo el mundo se mata!

El Cadejo Blanco fue el creador de los planes estratégicos de dividir y conquistar. La estrategia de este engendro que odiaba en demasía venía a ser la de sembrar muerte y divisiones a través de la COVID-19, la cual le ha funcionado perfectamente. Incluso poseyó y tomó la persona de Derek Chauvin. Sabía que una grabación en vídeo del asesinato de George Floyd crearía furia, hasta el punto de provocar protestas y disturbios.

El Cadejo Blanco estaba extasiado de que su plan para difundir las guerras a través de la enfermedad del coronavirus y el racismo le ayudaría a ganar más poder con el Cherry Club, Pfizer, y que él evolucionaría para convertirse en el Mesías Blanco de América. Quería ser apodado nuestro moderno John Muir. Amaba a John Muir hasta el punto de que llevaba la foto de Muir en su cartera. Amaba las creencias racistas de John Muir y que este fuera capaz de robar tierras de los indígenas. Sentía que el tipo era un genio, ya que se pintó a sí mismo como un salvador de la naturaleza y los recursos naturales para encubrir su odio hacia las minorías. Su plan fue visionario, eso de comprar tierras para financiar los esfuerzos de la supremacía blanca encubiertos en la conservación y los esfuerzos de protección del medioambiente. Los blancos sentían que eran naturalmente superiores y que podían simplemente robar tierras y recursos de las minorías, por el solo hecho de ser blancos; y luego contratar abogados de alto precio para desarrollar contratos de explotación en la industria de la música, la industria de la publicación de libros, el desarrollo de la propiedad y las transacciones inmobiliarias, la industria alimentaria agrícola, y todas los demás sectores en los que los blancos son los jefes, naturalmente dotados. Claro, en realidad, contratan a personas dóciles, sí, a hombres y mujeres de las minorías que están dispuestos a hacer la licitación y la explotación para el hombre Blanco.

♦ ♦ ♦

El caso es que los Cadejos Negro y Blanco simbolizaron la estratificación y el sistema patriarcal de explotación establecido por los fundadores de América. Aquellos que en verdad eran los perros de América. Los fundadores que poseían esclavos; y muchos violaban a las esclavas y las embarazaban de niños mixtos. Thomas Jefferson venía a ser un ejemplo perfecto. Tenía una relación secreta con Sally Hemings, una de sus esclavas. Jefferson y Hemings tuvieron múltiples hijos juntos. Este ha sido uno de los secretos mejor guardados de la historia americana. Pero es un hecho y ahora es de conocimiento público; fue una historia secreta, tabú de América.

Ahora, volviendo al malvado plan del Cadejo Blanco. Este voló a Wuhan, China. Allí quería ver, de primera mano, si los humanos estaban torturando y comiendo perros y otros animales exóticos como pangolines y murciélagos. Una vez que llegó, el Cadejo Blanco se enfureció. Empezó a ladrar, aullar y llorar. No podía creer lo que veía. Todo tipo de animales estaban enjaulados y se vendían al mejor postor. Vio cómo la gente comía murciélagos vivos. Los humanos pagaban miles de dólares y *renminbi* para comprar pangolines. Simplemente para cocinarlos y comerlos con fines afrodisíacos.

El Cadejo Blanco decidió volver a su lema organizativo sobre la base de John Muir: "Poder para los animales". El Cadejo Blanco convocó entonces a una reunión secreta, específicamente con los murciélagos y los pangolines. Les ofreció una oportunidad que no podían rechazar: ayudarle a propagar un virus, una enfermedad que se vengaría de los codiciosos y corruptos humanos. Primero, el Cadejo Blanco tomó el testimonio de los murciélagos y los pangolines para documentar su maltrato y tortura. Se indignó al escuchar cómo los murciélagos eran comidos vivos y hervidos en sopas. Luego, se enojó más al escuchar cómo los pangolines estaban siendo traficados por todo el mundo. Le preguntó a los murciélagos y a los pangolines si estaban dispuestos a empezar a propagar un virus. Ambas especies de animales estuvieron de acuerdo. Segundo, le pidió al líder de los pangolines que había escapado de la jaula en el mercado húmedo de Wuhan, que decidiera el nombre del virus. El pangolín comenzó a hablar como un gángster, ya que había visto *American Me* varias veces a través de videos de DVD pirateados por chinos. Este pangolin dijo: "Eso, vamos a llamar a esta mierda el virus CORONA. Para la raza. Para los anglosajones, vamos a llamar a este pequeño cabrón, la COVID-19".

El pangolín dijo que estaba cansado de estar en jaulas y tener que rodar en una pequeña bola para protegerse y esconderse de los humanos. Empezó a llorar y añadió: "Esos cabrones quieren apuñalarme, y no les he hecho nada".

El Cadejo Blanco, el líder de los murciélagos y el de

los pangolines, todos firmaron un juramento de sangre. Para comenzar hicieron un alboroto destructivo contra los humanos. ¡Los perros, los murciélagos y los pangolines no iban a aguantar una mierda de nadie, nunca más! Incluso decidieron comenzar su propia y diversa banda llamada CBP 13 y su lema era "Somos pocos pero locos".

Estuvieron de acuerdo con el papa Francisco. Era una venganza por naturaleza. La naturaleza, que incluye a los animales, ha sido tan denigrada, torturada y asesinada de manera despiadada. La codicia humana en el mercado de Wuhan fue un ejemplo perfecto de cómo los animales son traficados para ser vendidos, para ser comidos por humanos codiciosos. ¡Malditos cazadores furtivos! Cazan animales y lo hacen también con los elefantes para cortar y robar su marfil, especialmente en países como Camerún y la República del Congo. Los cazadores furtivos son criminales armados que atrapan gorilas para vender o comer su carne (los cazadores furtivos y los compradores creen que la carne de los gorilas les dará más fuerza) y se venden asimismo partes del cuerpo de esos infelices animales para ser convertidas en trofeos. Las escamas del pangolín son muy buscadas por los hombres que tienen disfunción eréctil. No olvidemos al español Juan Carlos que amaba cazar y matar elefantes, mientras la población española estaba económicamente dañada y sin trabajo.

Estos cazadores furtivos destruyen bosques, especies y todo lo que se interpone en su camino. Dependemos de los bosques y las plantas que proporcionan oxígeno a los humanos.

CAPÍTULO VII

El Cadejo Blanco es un maldito malvado, pero lloró y lloró cuando vio cómo los elefantes, gorilas, murciélagos y pangolines fueron cortados en pedazos. La sangre goteando por todas partes. Vio cómo la gente en China y otros países pensaba que era lindo comer murciélagos vivos, cortándoles las alas, mordisco tras mordisco. Los humanos se reían mientras se comían los pobres murciélagos, vivos.

Esa experiencia traumática hizo que el Cadejo Blanco jurara que se vengaría de los codiciosos humanos. ¡Esos malditos humanos, cuyo Dios es el dinero! Aman el dinero por encima de todo. Sus casas de culto son los bancos. Aman a los banqueros, a los promotores inmobiliarios, a la bolsa de valores y a todo lo que huela a dinero. Venderán su propia alma por un dólar.

El Cadejo Blanco le dijo a los líderes de los murciélagos y a los líderes de los pangolines que empezaran a infectar a los humanos con COVID-19.

Esta criatura de los mil demonios estuvo de acuerdo con ellos en comenzar la infección durante las celebraciones del Año Nuevo chino, en ese país. Sabía que decenas de millones de personas viajarían a Pekin para celebrar y luego volverían a los Estados Unidos, Italia, España, Australia, a todos los lugares donde se había asentado la diáspora china.

El Cadejo Negro quería dar una lección a los líderes de los países del G7: Alemania, Canadá, Estados Unidos, Francia, Italia, Japón y Reino Unido. Estaba cansado de ver estos países altamente desarrollados cosechar los beneficios de los países pobres, y Europa se enriquecía mediante la colonización y la continua extracción de recursos naturales y alimentos de los países sudesarrollados.

Quería que los humanos consentidos dejaran de adorar e idolatrar a los actores, actrices y deportistas millonarios y multimillonarios que contribuían a comprar mansiones con más de 50 a 100 habitaciones mientras que solo una o dos personas vivían allí. ¿Por qué cualquier humano necesitaría una mansión gigante para vivir? ¿Por qué un humano necesitaría más de un millón de dólares al año para vivir? Mientras que los trabajadores pobres apenas ganan 10 mil o 15 mil dólares al año. Así es como la clase trabajadora de los guetos de América se las ha arreglado. Los blancos pobres del Sur —que ganan el salario mínimo y también menos de 15 mil dólares para subsistir. No pueden pagar la atención médica. Los ricos siguen recibiendo todo el dinero, incluyendo los fondos de los contribuyentes del Programa de Protección de Nómina (PPP). Más de tres millones de personas ricas recibieron más de cinco millones de dólares cada una de los fondos federales del PPP. Mientras que los trabajadores pobres ni siquiera eran elegibles.

El Cadejo Blanco tuvo varias revelaciones. Primero, se dio cuenta de que tiene una conciencia. Luego, se miró en el espejo y se dio cuenta de que él y el Cadejo Negro eran uno y el mismo. ¡Que ambos eran gemelos!

Excepto que por la noche cambiaban de color. Se convertían en poseídos. El Príncipe de las Tinieblas y Dios estaban dentro de ellos. Los dos tenían que luchar para controlar su lado malvado.

Una vez que el Príncipe de las Tinieblas dominara y controlara a cualquiera de ellos, se volverían tremendamente malvados. Independientemente del color de su piel, el Cadejo Negro estaba cansado de los estereotipos sociales de que el negro es percibido como malvado y que el blanco es el bueno.

El Cadejo Blanco también tuvo que enfrentar su privilegio blanco y sus contribuciones en la destrucción de la humanidad a través de la esclavitud y la colonización. La supremacía blanca era un hecho real. Lo que era difícil para el Cadejo Blanco, era admitir sus prejuicios y tendencias racistas naturales.

Se avergonzaba de todos los distritos escolares públicos, escuelas privadas, escuelas subvencionadas, colegios y universidades públicas y privadas que habían producido expertos en la explotación de la humanidad. Expertos en dirigir corporaciones, negocios, organizaciones sin fines de lucro y sindicatos, que eventualmente se corrompieron a través de individuos malvados y codiciosos. Los líderes mundiales se infectaron con la COVID-19.

El CBP 13 enseñaría a estos individuos una lección a través de esa enfermedad. La industria de importación y exportación sería diezmada. Los humanos se verían obligados a refugiarse en sus casas y los funcionarios electos tendrían que imponer órdenes de encierro; es decir, estancia en casa. El distanciamiento social, de seis a veintisiete pies, se volvería obligatorio.

Los bancos perderían beneficios; McDonalds y Coca-Cola se verían afectados negativamente, ya que cientos de millones de personas quedarían desempleadas y no podrían permitirse un Big Mac y una Coca-Cola. La industria del automóvil comenzaría a perder sus grandes ganancias.

La COVID-19 comenzaría a mutar. Empezaría a parecer un monstruo con múltiples cabezas. El Cadejo Blanco, el murciélago y el pangolín, unieron sus fuerzas para propagar múltiples virus. Incluso contrataron a ratones y ratas asesinos para propagar el hantavirus. Su trabajo consistía en meterse en maletas que viajaran hacia otros países. Joder, algunos de los ratones eran tan audaces que se saltaban la Seguridad Nacional y se colaban y se arrastraban en los aviones. Entre tantas cosas, también se esparcían las pulgas entre los pasajeros, y se propagaba aún más el hantavirus. A los ratones y ratas se les dio una tarea especial: cagar sobre los humanos que no usaran máscaras. Los que sentían que sus libertades civiles estaban siendo pisoteadas, ya que eran "verdaderos americanos", no necesitaban usar máscaras de mierda. Los ratones gángsters se cagaban a propósito en la máscara de los rebeldes que se negaban a usarla. La pequeña, diminuta caca (o sea, la materia fecal de las ratas) tenía el hantavirus.

Pronto, los virus se extendieron por todo el mundo. "¡Excelente!", dijo el Cadejo Blanco. "Nadie va a joder con el CBP 13. Que se jodan los humanos", aulló el Cadejo Blanco.

Su plan funcionaba perfectamente. Solo tenía que conseguir la aprobación de la patente, marca registrada y la propiedad exclusiva de la vacuna para curar estas enfermedades: el pinche chipilín.

◆ ◆ ◆

El Cadejo Blanco amaba a Bill Clinton. Un Cadejo Blanco anglosajón. Lo amaba tanto que lo citó diciendo: "Estaré ahí para ti hasta que el último perro muera". Él se reía y reía y concluía "Soy el último perro que muere". Lo que la gente no sabía era que el Cadejo Blanco era el amigo y asesor más cercano de Bill Clinton, mientras este fue presidente. Estaba tan unido a Clinton que le aconsejó cómo sobrevivir al escándalo de Monica Lewinsky. Bill Clinton, Hillary Clinton y Chelsey Clinton, incluso, invitaron y llevaron al Cadejo Blanco a Martha's Vineyard en vacaciones familiares. Allí, el Cadejo Blanco daría largos paseos por la playa con Bill Clinton. Para darle consejos y fortaleza. El Cadejo Blanco le dijo que le dijera al pueblo americano: "Soy un picador". Esa estrategia finalmente funcionó. Admitió su pequeña aventura con Lewinsky, y solidificó su apodo: el "Chico Regreso". El senador Trent Lott (prominente republicano conservador) nunca supo cómo Clinton sobrevivió al proceso del *impeachment*.

Lo que republicanos y demócratas nunca supieron fue que el arma secreta personal de Clinton había sido el Cadejo Blanco. Siempre estuvo al lado de Clinton durante esa crisis. A Clinton, la Cámara de Representantes trató de destituirlo, pero no le pudo remover de su cargo. En realidad, al pueblo americano le importaba un comino que Clinton recibiera una mamada en la Casa Blanca. La mayoría de los americanos realmente sintieron que eso era bastante genial.

El lado malvado del Cadejo Blanco particularmente quería reducir la población de los latinos y negros en los Estados Unidos. Por eso quería infectarlos en un margen extremadamente amplio, ya que eran (y son) los trabajadores de primera línea en América. Esta criatura endemoniada estaba complaciendo a los supremacistas blancos, quienes venían a ser verdaderos seguidores de John Muir. Este asimismo detestaba a las minorías, especialmente a los indígenas que poseían las tierras. Muir, de igual manera, había contratado los servicios de consultoría del Cadejo Blanco. Por supuesto, los idiotas nada más veían a este cadejo como un perro de poca monta.

No se daban cuenta de que el Cadejo Blanco había sido el principal asesor y amigo cercano de líderes mundiales como el ruso Putin, el expresidente de los Estados Unidos, Bill Clinton, e, incluso, un importante asesor del expresidente Barack Obama. Por supuesto, y este cadejo (el Blanco, claro) fue encubierto como Bo, como si fuera un perro de agua portugués al lado del expresidente negro, quien a veces le llamaba "colochito" y hasta le llegó a ver como un birracial. Por eso se llevaba tan bien con Obama. Incluso tenían un golpe de puño secreto. Ni siquiera la CIA, el FBI, la Agencia de Seguridad Nacional (NSA) y los guardaespaldas del expresidente sabían que el Cadejo Blanco y el Negro estaban disfrazados de Bo.

Para W. Bush fue encubierto como Barney, un Terrier escocés. Su padre, George H.W. Bush, tenía al Cadejo como asesor y, por otra parte, desempeñó un papel de bajo perfil al servir como Sully, un perro labrador amarillo de servicio para H.W. Bush. Su trabajo era proteger, aconsejar y consolar al presidente en su retiro.

La Dra. Stella Immanuel resultaba ser una de las doctoras que sabía que la vacuna indígena contra la COVID-19 era un *potluck* de ajo, cebolla roja, cola de caballo, limas, naranjas y jengibre y ya el Cadejo Blanco había robado algunos de sus secretos al jaquear su ordenador portátil INTEL de Microsoft Word.

El Cadejo Blanco no quería que la gente promedio supiera de estos remedios caseros y de la potencial vacuna contra los virus, por lo que inició el rumor de que la Dra. Stella Immanuel deseaba promocionar los misteriosos brebajes demoníacos que venían de remotas aldeas africanas. De hecho, la pintó como una doctora loca que practicaba el vudú.

El Cadejo Blanco empezó a referirse a la doctora Immanuel como esa "bruja loca". Fue por esta razón que la Organización Nacional de Mujeres (NOW) entró en barrena contra el Cadejo Blanco una vez que leyeron su cita en *The Enquirer.* Estaban indignadas de que un perro macho se refiriera a una mujer de manera tan despectiva. Los miembros de la junta de NOW comenzaron a llamar y enviar correos electrónicos a la junta del Club de los Cerezos, para deshacerse de ese engendro machista. El liderazgo de NOW sintió que esta era el momento perfecto para revisar su base de miembros y ganar más partidarios de las comunidades latinas y negras. Su estrategia era hacer que miembros del Club de los Cerezos se pasaran a su organización femenina.

NOW creó una campaña en Instagram, Facebook, Snap Chat y Twitter titulada "Boicotea al Perro Machista: el Cadejo Blanco". Lo que la gente no se dio cuenta fue que la Siguanaba estaba en la junta directiva de NOW. Ella también era una de las principales donantes, y le dijo a las líderes de NOW durante una reunion: "Vamos a atrapar a ese perro del Cadejo Blanco. Tenemos que cortarle las bolas, castrarlo sin anestesia".

Las líderes de NOW reclutaron a Oprah Winfrey para

que se uniera a su campaña de denuncia contra el Cadejo Blanco, el Perro Machista, le decían. Oprah se convirtió en la mejor y más efectiva portavoz para denunciar al Cadejo Blanco.

Este tipo inmundo tuvo que luchar con sus patas y garras, como una fiera acorralada. Contrató a una empresa de consultoría de medios de comunicación para ayudarle a parecer profeminista. Contrató a Dick Morris para hacer encuestas y este le aconsejó que llamara a Joe Biden para ofrecerle su apoyo. Biden comenzó a reírse e inmediatamente dijo: "¿Cómo está mi Perro Machista?". El Cadejo Blanco rebatió diciendo "¿Cómo está mi Sr. Abrazador de Mujeres?". Biden rápidamente decidió cambiar de código a Mr. Righteous. Le dijo al Cadejo que tenía que apoyar a su candidata a la vicepresidencia. Y el Cadejo Blanco le respondió: "Hecho".

Dick Morris también recomendó al Cadejo Blanco que se uniera al movimiento Black Lives Matter y cambiara el Código de su ADN a piel negra. El Cadejo Blanco le abrazó y le dio a Morris un beso húmedo y descuidado y le dijo: "Eres un maldito genio". También coordinaron que este demonio blanco apareciera en el programa de *Ellen,* y así contarle al público americano sus humildes comienzos, sus contribuciones positivas en la protección de nuestro medio ambiente a través del Club de los Cerezos, para destacar que es el primer líder de piel oscura (ya había hecho la conversion de su código genético) del Club de los Cerezos, y que fue un humanista al servir en la junta de Pfizer. Pfizer le dio al Cadejo Blanco una olla de fondos sin restricciones, de 2,000 millones de dólares. Podía repartir dinero a cualquier individuo o grupo sobre el que tuviera que influir.

Ellen DeGeneres estaba extasiada por tener al Cadejo Blanco (ahora pintado de negro) en su programa. Ella estaba intrigada en relación con todos los rumores que existían respecto a la mitología y la corrupción de este travieso infernal. Sin embargo, podía conectarse con él a un nivel profundo. Ambos se ponían mezquinos y vengativos si alguien se les cruzaba en el camino. Entonces Ellen pensó que necesitaba un aliado como el Cadejo Blanco para estar en su esquina cuando posiblemente se calentaran las cosas en la cocina pública.

El Cadejo Blanco fue llevado en una limusina al *show* de *Ellen*. Quería ser percibido como la realeza. Incluso compró una corona que podía llevar para mostrar un simbolismo de poder y linaje de una realeza que se inventó. También era un mensaje subliminal sobre el coronavirus, que él lo tradujo como el virus de la corona. Para la entrevista de Ellen, el Cadejo Blanco decidió cambiar de código a la imagen de Bo, el perro de Obama. Así podía ser blanco y negro, y apelar tanto a la América blanca como a la América negra. Se imaginó que incluir a asiáticos y latinos solo complicaría una discusión nacional relacionada con la raza, la ideología de género y las disparidades de salud. Quería que todo saliera de una manera simple. ¿A quién creen ustedes, queridos lectores, que se le ocurrió el eslogan "Es la economía, estúpido", pues no fue otro que a esta criatura de los mil demonios. Y se le ocurrió esa idea mientras caminaba por la playa con Bill Clinton. Así que ya saben ustedes la clase de tipo que era este cadejo.

Ellen no podía esperar. Sus productores habían desarrollado preguntas difíciles, complejas. El público no podía esperar para ver finalmente a este tipo que ya se estaba hacienda famoso, y lo querían ver en su verdadera naturaleza: como un "Perro Machista". Las mujeres blancas y negras del público esperaban encontrarse con un matón lleno de tatuajes y cicatrices. Ellen les pidió a sus productores que encontraran dos latinas para incluir en la audiencia. Ella le puntualizó a sus productores: "Es mejor que hablen inglés. ¡Si no, las despediré!".

Sin embargo, una vez que Ellen llamó al Cadejo Blanco para que subiera al escenario, el público del programa se quedó sin palabras. Porque el astuto diablejo salió como un perro de agua portugués. De esta manera resaltaba su origen europeo y sus antecedentes de colonizador y traficante de esclavos. Por supuesto, a la audiencia no le podía importar menos la historia de este ser salido de las pocilgas del infierno, y lo hacía ahora como comerciante de esclavos y traficante de personas. La gente estaba asombrada. Una señora blanca habló con una señora negra que se hallaba a su lado en el *show de Ellen* y le preguntó: "¿Cómo puede ser que este cadejo sea un racista si está mezclado, es blanco y negro?". La dama negra respondió: "Chica, ¿no conoces tu historia? El hombre blanco siempre ha usado la historia de *La cabaña del Tío Tom* para traicionar a su propia comunidad".

CAPÍTULO VIII

Apareció el Cadejo Blanco con la cabeza bien alta en el programa de *Ellen*. La corona que llevaba puesta era magnífica. Venía a ser la corona original que cubrió la cabeza del rey Afonso V de Portugal. No es de extrañar, realmente se parecía al rey Afonso V, el más poderoso y rico de Europa durante buena parte del siglo XV. Y la gente se creyó el cuento de que el linaje del Cadejo Blanco estaba conectado a Afonso V.

Ellen había preparado una muy buena disposición de los asientos, e incluso en el programa tocaron "We Are the Champions" de la reina, mientras que el Cadejo caminaba lentamente para sentarse.

La primera pregunta que Ellen le hizo fue: "¿Eres el líder de una banda llamada CBP 13?". El Cadejo Blanco comenzó a parpadear sin parar. Sus ojos azules se volvieron de color rojo brillante, y contestó: "Ellen, querida, ¿es verdad que maltratas a tu personal?". Ellen se sintió humillada y se puso de color rojo oscuro brillante, también, como una remolacha, porque se había avergonzado de que un perro machista le sacara esos trapos sucios en su programa de televisión.

◆ ◆ ◆

Ellen se aclaró la garganta y decidió lanzarle una bola de *softball,* una pregunta inflada: "¿Cómo te sientes al ser la primera persona oscura que lidera el Club de los Cerezos?". Y el Cadejo Blanco respondió con una sonrisa irónica:

Me siento magnífico. Tenemos miles de millones de dólares en nuestro presupuesto y puedo volar a través de los Estados Unidos y el mundo. Al mismo tiempo, puedo comer comida orgánica para perros.

El público estalló en risas. Esa pregunta salvó a Ellen. En seguida le hizo otra pregunta que podía ser controversial: "¿Usted está en contra de las mujeres, Sr. Cadejo?". Y este carraspeó un tanto y de inmediato replicó:

Bueno, déjeme ser claro, ¿eh? No estoy en contra de las mujeres. La mitad de mi personal en el Cherry Club son mujeres. Tenemos una política de igualdad de oportunidades y empleo, y apoyamos la Acción Afirmativa. También damos dinero a causas de derechos civiles y derechos humanos. De hecho, traigo un cheque aquí.

Ellen se sorprendió y preguntó, como dudando: "Un cheque, ¿para quién?". Y el perro de agua portugués rápido respondió:

Es una donación de 1,000 millones de dólares de Pfizer a la Organización Nacional para la Mujer (NOW). Es para que NOW luche contra el machismo y lo erradique dentro de su organización y otras que asimismo sean feministas.

Ellen había quedado asombrada. Se volvió hacia el público y una señora se puso de pie para compartir con los demás: "Soy miembro de NOW", dijo, y quiero agradecer al Sr. Cadejo por su amabilidad. Podemos usar esos mil millones de dólares para desarrollar más talleres de ZOOM y sesiones de entrenamiento y erradicar así el racismo. ¡Estamos muy emocionados! Gracias, su majestad el Sr. Cadejo.

El Cadejo Blanco se dirigió a esa mujer con una sonrisa aparentemente limpia: "No hay problema. Tengo que enmendar mi estilo de vida machista. Después de todo, soy un verdadero perro". El público se cayó de sus sillas a causa de las risas.

Luego, para añadir más significado al *Show de Ellen*, el Cadejo Blanco añadió que el Cherry Club donaría 100 millones de dólares a su *show*, con el propósito de llevar a cabo un trato justo a los empleados e invitados en su programa. Ellen estaba realmente agradecida y además había quedado impactada. Y de esa manera, concluyó el *show*. "El Cadejo ha hecho historia hoy". Hizo las paces con AHORA y, de hecho, mostró a través de su imagen de realeza que era un filántropo maravilloso. Con estos 100 millones de dólares, podrían seguir contratando abogados de derecho laboral y continuar protegiendo su marca e imagen de Ellen DeGenere. "Gracias, Sr. Cadejo Blanco", le dijo ella, y como un verdadereo gesto de agradecimiento le abrazó.

El Cadejo Blanco fue tan generoso que ofreció toda una vida de Kibbles 'n Bits gratis a todos los miembros del público. Y dijo: "Todas las mujeres, hombres, minorías y no minorías, merecen una vida de Kibbles 'n Bits gratis", y se fue con su brillante corona. Pero antes de salir, levantó su mano izquierda, con un puño y gritó: "¡Dog Power!".

◆ ◆ ◆

Ahora, el Cadejo Blanco podía concentrarse en solidificar su poder a través del Cherry Club y Pfizer. Con el propósito de congraciarse con otros grupos ambientalistas, crearía una olla de dinero para hacerles donaciones. Y con estas ideas en la cabeza, pensó:

¡Qué!, puedo obtener una deducción de impuestos del IRS y unos cuantos favores de estos grupos, si alguna vez me postulo para un cargo politico. De la misma manera, puedo usar las donaciones para apaciguar y evitar que los grupos de justicia ambiental se organicen realmente en estados contaminados, como California, Texas, Georgia, Louisiana, Carolina del Norte y muchos otros.

El maquiavélico engendro quería que el Club de los Cerezos fuera una organización sin fines de lucro, tipo country club. Una organización para cenar y darles vino a los donantes, en lugares de campo de élite y mansiones que desperdiciaban toneladas de agua todos los días, solo para mantener los céspedes delanteros verdes y exuberantes. Y que asimismo tuvieran magníficas piscinas que se llenaban con agua importada de Fiji y Francia.

Para llevar a cabo sus planes, donó 500 mil dólares a organizaciones sin ánimo de lucro, latinas y afroamericanas. Sabía que los codiciosos miembros de la juntas directivas y los egoístas directores ejecutivos de vez en cuando saquearían, desperdiciarían y usarían los 500 mil dólares para pagarse salarios y bonos a modo de incentivos y regalos. Pero en el proceso, él se aseguraría de que estas organizaciones se hundieran, se desangraran, y tuvieran que cerrar (convenientemente para él, claro). Y es que en definitiva, al secretario de Estado y al IRS les importaba una mierda (es decir, no les importaba nada) cuando este tipo de organizaciones terminaban y cerraban sus puertas, una vez que sus amigos y compinches habían saqueado y tomado el último centavo del banco. Algunos de estos taimados ejecutivos y contables estaban tan avanzados que copiaban algún libro de jugadas politiqueras que hacían los dictadores de determinados países. Y que lo sabían hacer justo antes de dejar el poder, cuando contrataban —a tiempo parcial— a empresas de trituración de papeles para destruir todo los documentos y presupuestos comprometedores. Y así, cubrir sus huellas y no dejar rastros de la extracción y robo del dinero donado, y de los ingresos públicos.

El Cadejo Blanco aullaba de risa ya que sabía que la mayoría de los humanos buscaban ganancias monetarias, riqueza, posesiones de inmuebles y prestigio a toda costa. Fingían estar a favor de los derechos civiles y los derechos humanos, pero era muy possible que vivieran en casas sofisticadas, lejos de las zonas más contaminadas y de los guetos. Pero, primero, buscaban asegurarse de que los anglosajones les vieran como si salieran de sus comunidades. En las fiestas de lujo, en las que se tomaba mucho vino, le decían a los multimillonarios blancos y a los descendientes de dueños de esclavos y asesinos de la población indígena:

Gracias por su generosidad al donar a nuestra organización sin fines de lucro. Sin su ayuda, no podríamos sobrevivir. Eres un amable filántropo y te nominaremos para el Premio Migajas.

Los multimillonarios simplemente sonreían y comentaban:

Mi asistente latino dice que tendré que salir temprano para subirme a mi *jet* privado y comenzar mis vacaciones en la isla privada que acabo de comprar. Es fabuloso. Visítala alguna vez. Hemos tomado medidas extraordinarias para mantener a COVID-19 lejos de mi isla.

◆ ◆ ◆

Algunos miembros de la junta directiva del Club de los Cerezos, algunos líderes ambientales blancos de la corriente principal y activistas negros, latinos y asiáticos por la justicia ambiental comenzaron a resentirse, envidiar y desarrollar grandes celos hacia este cadejo. Estaban enojados porque él podía volar y relajarse con Jeff Bezos, Bill Gates, Bernard Arnault, Warren Buffet, Larry Ellison, Amancio Ortega, Mark Zuckerberg, Jim Rob y Alice Walton. Ellos decían:

> ¿Quién se cree que es ese coco? Es sólo marrón por fuera pero blanco por dentro. Mira a sus amigos, son blancos. Fui a la USC y obtuve mi título de abogado y soy del barrio. Ese tonto corrupto viene de las Puertas del Infierno. No es una verdadera minoría. ¡Yo soy la verdadera minoría!

El Cadejo tuiteó y dijo:

> ¿Por qué todos dicen ser del Centro Sur de Los Angeles ahora? Antes decían ser del oeste de Los Ángeles. Ahora que mis diez amigos están regalando dinero, ¡de repente son del Centro Sur de Los Angeles!

El poder del Cadejo residía en la capacidad de pasar como blanco o negro, o incluso ambos. Podía cambiar de código genético, de tipo de gángster; o sea, del gueto a caballero real. Lo que él quisiera elegir. Era un gemelo. Uno malvado y, al mismo tiempo, uno amable y generoso.

El malvado cadejo había desatado la peste azul (o cólera) de 1918 a 1919, que asoló el mundo. Millones de seres humanos murieron. En la actualidad, este hijodeputa había desatado la COVID-19, a escala mundial. Los países desarrollados y los países en desarrollo, todos fueron afectados. Mucha gente tuvo que ser encerrada, ya que el virus se propagó como un incendio forestal.

El Cadejo Blanco, el racista blanco, contribuyó específicamente a la propagación del virus en las comunidades negras y latinas, para igualarse al racismo social y asimismo al ambiental. ¿Dónde estaban las empresas más contaminantes y los incineradores de residuos colocados a lo largo de los Estados Unidos? Junto a las comunidades negras y Latinas, causando una gran contaminación del aire y del agua. Muchas de estas corporaciones contaminantes produjeron cáncer en millones de seres humanos.

◆ ◆ ◆

Este monstruo, tan nocivo, perjudicial y satánico, se había convertido en un consultor de los contaminadores. Su logro —"como de cereza en la cima"— fue el hecho de convertirse en un poderoso miembro de la junta directiva de Pfizer. Solicitó a Pfizer que patentara y registrara el nombre de la planta de CHIPILENO, lo cual hicieron con éxito. La Seguridad Nacional había obtenido privilegios especiales de la Aduana y Protección de Fronteras de los Estados Unidos. Solo el Cadejo Blanco (a través de Pfizer) tenía la autoridad para exportar e importar plantas de chipilín.

Ese cabrón del Cadejo Blanco era un genio. Hacía lo que Johnson & Johnson y otras corporaciones multimillonarias habían hecho en el pasado. Tomar plantas naturales de los indígenas y comercializarlas haciéndolas a través de una mezcla de productos químicos, para patentarlas y venderlas a precios extremadamente altos. Luego, a través del tiempo, los precios se redujeron para poder comercializar y vender a millones de nuevos compradores.

Las siguientes son drogas derivadas de plantas naturales: La adormidera, que ahora se produce masivamente como heroína, morfina y codeína. Las famosas hojas de coca que se utilizan para producir cocaína. La *ephedra sinica*, que se daba en Mongolia, Rusia y al noreste de China, se utiliza para producir sudafed y metanfetamina. La corteza de sauce se emplea en producir aspirina. La raíz de sasafrás se usa para hacer éxtasis.

A todo eso le añades chipilín, que se usa con una mezcla de ajo, cebolla roja, cola de caballo, limas, naranjas y jengibre, y puedes producir las vacunas contra la COVID-19 y otros virus creados y mutados a través de la pandilla CBP 13.

Los proyectos paralelos del Cadejo Blanco incluían encabezar la CBP 13 y controlar la política de la Mafia Mexicana, la Familia de la Gorrilla Negra y la Hermandad Aria. Estas pandillas de la prisión sabían que el nuevo mero-mero era el Cadejo Blanco.

Sabían que tenía las llaves del poder y que era uno de los criminales más escurridizos de la historia del mundo. Lo admiraron y le rindieron homenaje, ya que sabían que provenía directamente del Príncipe de las Tinieblas; es decir, del diablo.

Este prodigio y esperpento malvado creó el comercio de **CHIPILIN** —que rápidamente superó al comercio del opio— en todo el mundo. Los gobiernos de varios países solicitaron reuniones privadas con este prodigioso cadejo. También, los sindicatos criminales como la mafia rusa, la china, la italiana y otros sindicatos, y todos también solicitaron reuniones privadas con el Cadejo Blanco.

Este mequetrefe infernal se había convertido en un tipo

muy ocupado. Pero cuando Richard Branson llamó desde Virgin Airlines, él contestó su teléfono celular de inmediato y comenzó diciendo:

Richard, cariño, ¿por qué tardaste tanto en llamarme? Eres mi hombre favorito. Proteges los derechos de los animales y abogas por que los humanos no maten a los animales y también abogas por que los humanos dejen de comer carne. Ahora estamos hablando de mi hombre.

Branson comenzó con su exquisito acento británico y dijo así:

Tenemos que abordar el cambio climático y gracias por sus amables palabras. Sí, creo en los esfuerzos para proteger a los animales como usted. Necesitamos energía limpia y una economía verde. Y realmente creo que la planta de chipilín es la respuesta para protegernos de los virus. Es una situación en la que todos ganan. Plantamos chipilín en todo el mundo y les ofrezco mis aviones Virgin para transportar las vacunas de chipilín a China, India, El Salvador, Uruguay, Australia, ¡a cualquier lugar que quiera usted, hombre!

El Cadejo, entusiasmado, expresó: "Necesitamos deshacernos de la energía sucia Richie, y creo que podemos hacerlo a través del Cherry Club y Pfizer". Branson asintió con la cabeza. El Cadejo le dijo que si aceptaba coordinar la distribución de la vacuna chipilín, que lo nominaría para el Premio Humanitario del Año de la Gente para el Tratamiento Ético de los Animales (PETA). Branson recalcó: "Puedes contar conmigo".

Dicho esto, el Pueblo para el Tratamiento Ético de los Animales admiraba al Cadejo Blanco, y entonces el presidente de PETA decidió nombrarle, a él (quiero decir, a Branson), a ese premio.

Sabían que el Cadejo podía ayudarles, porque ya se había hecho muy amigo de este gran tipo, a quien había convencido para que aceptara el galardón. Con este premio a esta figura podrían eliminar las salvajes expediciones de caza y los trofeos de animales. Estaban hartos de los ignorantes cazadores extranjeros que volaban a Sudáfrica y a otros países africanos solo para cazar y disparar a elefantes, leones y otros animales.

La concesión de un premio a Branson traería más conciencia a las prácticas de caza en las que la cabeza del animal se convertiría en un trofeo. Simplemente, por la satisfacción humana de disparar a los animales salvajes y decidir mostrar a sus amigos qué valientes y valerosos han sido al disparar a los animales. ¿Has visto alguna vez a un animal usar armas para matar a otros animales o a los mismos humanos? No. Y es que los animales son más avanzadas que la estupidez de los hombres, que han desarrollado deportes ignorantes como esa caza para satisfacer su orgullo y su ego. Para colocar en sus paredes las cabezas de los animales a los que disparan. ¿Pero qué logran con esto?

El evento de PETA se llevó a cabo en el Hotel Biltmore, en el centro de Los Angeles, y los líderes de esa organización humanitaria exigieron que nada más se sirviera comida vegetariana. Especialmente porque Branson es un vegetariano fuerte que no cree en comer carne de animales.

El evento fue magnífico. El Cadejo Blanco llevaba un hermoso esmoquin, y fue designado para dar el premio al Sr. Branson. Esta era la oportunidad que el Cadejo había estado esperando, para hacer el anuncio público de la vacuna chipilín.

TERCERA PARTE

CAPÍTULO IX

Por supuesto, el evento requería un distanciamiento social de seis pies, y todos debían usar máscaras. PETA conocía el ajetreo y vendió cada máscara con su logo por cinco dólares. Joder, incluso vendieron camisetas y gorras en el evento con el logo de PETA. Las camisetas se vendieron por 20 dólares y los sombreros por 30 dólares. Cuando un invitado preguntó: «¿Por qué tan caro?", uno de los voluntarios de PETA se volvió loco y se fue al gueto.

Hijo de puta, tenemos madres solteras haciendo camisetas, sombreros y haciendo troncos y diseños bordados a mano. Les pagamos 15 dólares por hora. Entonces, ¿por qué un sombrero de 30 dólares sería demasiado? ¡Hijo de puta barato!

El esnob invitado se sintió avergonzado y le dijo al voluntario de PETA: "Tomaré uno de cada uno: una máscara, una camiseta y un sombrero". El voluntario de PETA dijo:

¡Son 55 dólares, pequeña zorra! Y tienes suerte de que sólo pagues 55 dólares por algodón orgánico y máscaras, camisetas y sombreros hechos a mano. Hecho en los Estados Unidos.

PETA hizo una matanza en el evento. Se estima que asistieron unas 500 personas. Alrededor de 400 personas compraron el paquete especial de la máscara, camiseta y sombrero. Se recaudaron 22 mil dólares solo en mercancía. Además, Branson dio una donación de 100 millones de dólares. Estaban dispuestos a hacer un trabajo de promoción durante los próximos diez años, a menos de que cometieran el error de contratar buitres y administradores hambrientos de dinero que hicieran explotar la donación en sus salarios, viajes de placer y la mágica desaparición de los fondos. Inevitablemente afirmando en dos años: "Estamos quebrados, y necesitamos más donaciones para pagar a los contadores". Típica estrategia de recaudación de fondos.

Los asistentes baratos que no compraron ninguna mercancía son la Coalición Antimáscara. Sienten que nacieron especiales, ya que sus padres y escuelas les daban certificados de Logro y Trofeos por simplemente presentarse en la escuela; por bostezar, y por jugar a la pelota con correa y al *kickball.* Algunos de estos individuos normalmente ganaban los partidos de *tether ball, handball* y *kickball,* y los profesores expresaban: "Mira a Johnny, él sobresale y es especial". Y una vez que llegaba a casa, su madre cocinaba magdalenas por su logro tan grandioso. El pequeño Johnny creció con un sentido del derecho y cada vez que no quería hacer algo, simplemente decía: "A la mierda con eso". Los pequeños Johnnies crecieron y compraron grandes coches contaminantes para hacer por la falta de una gran longitud de polla. Necesitaban afirmar psicológica y subliminalmente: "Tengo un gran puto coche, por lo tanto, debo tener una gran polla".

Cuando el gobernador de California y un alcalde recomendaron que los Little Johnnies del mundo usaran mascaras, debido a la pandemia de COVID-19, gritaban al unisono: "¡Joder con esa mierda!".

El Cadejo Blanco estaba extasiado. Había logrado su objetivo: ahora tenía a Richard Branson en su bolsillo trasero. ¡El astuto hijo de puta del Cadejo!

Sin embargo, como había perdido algunos de sus poderes mágicos y sobrenaturales, a veces sufría de un desorden de personalidad límite. Cumplió con más de cinco rasgos de nueve para ser oficialmente diagnosticado con Borderline Personality Disorder (BPD, por sus siglas en inglés), o sea que hablaba de Trastorno Límite de la Personalidad:

• Miedo al abandono. (Las personas con BPD a menudo tienen miedo de ser abandonadas o dejadas solas).

• Relaciones inestables

• Imagen propia poco clara o cambiante

• Comportamientos impulsivos y autodestructivos

• **Autodestrucción**

• Cambios emocionales extremos

• Sensaciones crónicas de vacío

• La ira explosiva

• Sentirse sospechoso o fuera de la realidad

El Cadejo Blanco fue abandonado por la Siguanaba, el Cipitio y el Duende. Su propia familia lo repudió debido a su naturaleza malvada. No podía mantener ninguna relación estable porque era un perro caliente. Tenía una imagen de sí mismo poco clara y cambiante, y se confundía si era blanco o negro. Se dejaba llevar por sus impulsos malvados, codiciosos, egoístas y egoístas que lo llevaron a comportamientos destructivos como el alcoholismo habitual y el uso extremo de drogas. Le encantaba dañar a los demás y dañarse a sí mismo. Hasta el punto de que había tallado el 666 en su cuerpo. El signo del diablo. Estaba feliz en un momento y al siguiente estaba furioso. Sus cambios de humor eran terribles. En un momento se reía y al siguiente lloraba como una pequeña perra. No importaba cuánto dinero y posesiones materiales tuviera a través de los tratos deshonestos de la vacuna del chipilín, la extorsión del Club Cherry sin fines de lucro, y la estafa de la vacuna de Pfizer, siempre se sentía vacío. Si no se salía con la suya, explotaba en una furia incontrolable que le llevaba a la tortura y al asesinato. Siempre sospechaba de la gente que le rodeaba y a veces sentía que estaba en un estado de surrealismo. El cabrón se encontraba realmente fuera de la realidad. Cuando millones de personas estaban muriendo debido al COVID-19, ¡se fue a jugar al golf! ¡Qué cabrón!

El dios de este cadejo era el dinero. El dinero. Dinero. Dinero. Dólares. Dólares. Dólares. No le importaba una mierda la humanidad. Todo lo que le importaba era superar a Jeff Bezos como la persona más rica del mundo. Quería convertirse no sólo en un trimillonario, sino además en el hijo de puta más poderoso del mundo.

Quería vengarse del Cipitio, el ex presidente de los Estados Unidos y de la papisa Siguanaba. ¿Cómo podía lograrlo? Bueno, pues, continuando siendo el CEO del Club de los Cerezos y presidente de la Junta de Pfizer. Las inversiones en acciones para la vacuna del chipilín se volverían más caras y poderosas que Amazon, Apple, Microsoft, Coca-Cola y todas las demás marcas y corporaciones poderosas del mundo.

Sólo necesitaba llegar a alguien que pudiera hacer que la vacuna funcionara correctamente. Sabía que la COVID-19 iba a mutar en varios virus. Necesitaba a alguien que estuviera familiarizado con los otros virus asesinos, que conociera la química orgánica, la biología, las curas naturales; un experto en plantas y conocimiento de la mezcla de ingredientes que pudiera ser aprobada por la Administración Federal de Drogas de los Estados Unidos (FDA). Tomó algunas pastillas para dormir, y poder relajarse, con el propósito de pensar en alguien que pudiera ser el perfecto genio *nerd* de alto rendimiento. ¿Pero quién?...

El Cadejo Blanco entró en un sueño profundo y tuvo una visión de Rasputín y el Duende. Grigori Rasputín le habló y le dijo: "Busca, encuentra y convence a tu hijo para que te ayude con la vacuna del chipilín".

Cuando se despertó a las 5:00 de la mañana, tuvo su respuesta: ¡El Duende era el que podía desarrollar una vacuna fiable! Entonces decidió hacer estallar la canción "Read my Mind", de The Killer, y comenzó a bailar como Elvis Presley.

El Duende tenía el intelecto y el entrenamiento médico desde que hizo su residencia en la Clínica Mayo, cuando se enfocaba en la investigación aplicada para encontrar curas, entre ellas, las vacunas para varios virus. El Cadejo Blanco nada más tenía que encontrar una manera de ser fino con su hijo separado.

Este monstruo de todos los lugares malditos sabía cómo engatusar a la gente, y ello tendría que ser extra especial. Sabía que su hijo (el Duende) era un poco zurdo y blando. Había sido un guerrillero en El Salvador, y admiraba enormemente al Che Guevara.

Y por conocerlo, el Cadejo Blanco sabía exactamente qué clase de regalo podía darle a su hijo izquierdista. Este aberrante matón de cadejo tenía la verdadera jarra con las manos del Che, pues había servido como asesor de la CIA y del Gobierno boliviano en la búsqueda y localización exacta del Che Guevara cuando trataba de inculcar un levantamiento o insurrección entre los campesinos de Bolivia. De lo que el Che no se dio cuenta fue de que los campesinos no estaban interesados en unirse a una revolución y que sería traicionado por uno de sus propios seguidores. El Cadejo Blanco estuvo presente cuando el Che fue asesinado a tiros y el general boliviano ordenó que le cortaran las manos, ya que temían que volviera de la muerte para vengarse. Por lo tanto, tomaron precauciones cortándole las dos manos. Este cadejo matón fue el verdadero soldado que cometió el corte de las manos y las guardó como trofeo. Sabía que el Duende se sentiría honrado de tener las manos de El Che Guevara, su héroe revolucionario, que se estaba convirtiendo en médico. Anteriormente, durante el proceso de la rebelión cubana, el Che decidió convertirse en un guerrillero armado con Fidel Castro, y viajó de México a Cuba. El Che era originario de Argentina, y de ahí el apodo del "Che".

Guevara como guerrillero tenía un don secreto con el que quería atraer a su hijo, pero lo revelaría una vez que el Duende aceptara reunirse con él.

El Cadejo Blanco decidió enviar al Duende un mensaje de WhatsApp. Le mandó la canción "Linger", de The Cranberries, a través de un video de YouTube. Sabía que el Duende había heredado parte de su genética criminal a sangre fría. Pero tenía un lado blando y le encantaban The

Cranberries. El Duende también heredó algún que otro Trastorno de Personalidad Fronteriza de su malvado padre, especialmente aquel en el que sintió una infinita sensación de abandono y soledad, ya que su madre y su padre se habían descuidado de él y de su hermano gemelo: el Cipitío.

Una vez que el Duende recibió el mensaje de WhatsApp del Cadejo Blanco, comenzó a llorar. Y lo hizo como un pequeño coño. Una vez que escuchó "Linger", se le rompió el corazón. Luego, para añadir más melancolía, el manipulador Cadejo, engendro monstruoso de Maquiavelo, le envió otra cancion, esta vez fue la de "Yo no sé qué me pasó", de Juan Gabriel, y su favorita de todos los tiempos, "Nada se compara", de Álvaro Torres.

El Duende no pudo resistirse. Le devolvió el mensaje y quiso dar a conocer sus raíces de gangster: "¿Qué queres, hijo de puta?".

El "Cara de Lobo" cadejo sonrió desde aquí hasta la luna. ¡Sabía que las canciones habían funcionado! Normalmente trabajaban manipulando la Siguanaba. Especialmente cuando le dedicaba Los Bukis, con la canción "Qué mala".

Enseguida el Cadejo Blanco le envió un segundo mensaje, en el que le solicitaba reunirse en el patio de comidas de Costco. Quería comprar un helado de vainilla y un perrito caliente. El Duende simplemente respondió que sí. Le encantaban los perritos calientes con mucho condimento, mostaza y *ketchup*.

Acordaron la fecha y la hora. El Cadejo Blanco llegó temprano, ya que tenía que conseguir una tarjeta de socio para poder comprar comida. El Duende llegó en su motocicleta.

El no podía creerlo. El Duende tampoco creía que el maldito malvado hubiera sobrevivido al golpe que le dieron.

Como dice la creencia popular: "La sangre llama". Se dieron un golpe de puño y se dijeron: "Mantén la distancia social".

El Cadejo consiguió los perros calientes y el helado de vainilla. Le dio uno de cada uno al Duende, quien comentó: "¡Estos son los mejores malditos *hot dogs* del mundo!", y ambos se rieron.

El Cadejo Blanco cortó la mierda y entró al negocio de inmediato. Le expuso que él sabia que por ser hijo de él, el Duende tenía el coeficiente intelectual y la formación médica que recibió en la Clínica Mayo de Rochester, Minnesota, para poder desarrollar la vacuna y contrarrestar los efectos dla COVID-19; y que él (el Cadejo Blanco) tenía el ingrediente secreto.

El Duende preguntó: "¿Cuál es el ingrediente secreto?". Y el Cadejo, "pues, el Chipilin". Al oír aquello, el Duende le respondió que lo haría si le daban un adelanto de 1,000 millones de dólares y el 10% de las ganancias de la vacuna, de por vida.

El Cadejo Blanco y el Duende se dieron un apretón de manos a lo gángster y el trato se selló. Antes de separarse, el Cadejo quiso darle los ingredientes secretos que había obtenido del brujo principal de Izalco, en El Salvador. Y le escribió los ingredientes secretos en una servilleta para que el Duende estuviera consciente de lo que había que buscar: la vacuna indígena contra la COVID-19 consistía en una mezcla de ajo, cebolla roja, cola de caballo, limas, naranjas y jengibre.

De esta manera, el Duende no pudo escapar de su pasado de gángster y le dijo a su padre, perdedor y vago: "Órale *homes*". VENMO los 1,000 millones de dólares de hoy si quieres que cree la vacuna, ¿me entiendes? Si no, el trato se cancela".

"No te preocupes, pequeño Duende, yo te cubro la espalda, querido vato. Te enviaré los 1,000 millones de dólares a través del pinche VENMO. Órale, ese", le aseguró el Cadejo.

CAPÍTULO X

A partir de ese momento, el Duende tenía que ponerse a trabajar. Le envió un mensaje de texto al director ejecutivo de la Clínica Mayo, el Dr. Gianrico Farrugia, para preguntarle si podía usar los laboratorios y el equipo de alta tecnología de la sede de Rochester para trabajar en el desarrollo de la vacuna COVID-19.

El Dr. Farrugia aceptó, pero con una condición:

Ok, pero si tiene éxito en el desarrollo de la vacuna, con una tasa del 50% o más, tendrá que estar de acuerdo en donar 10,000 millones de dólares a la Clínica Mayo para futuras investigaciones y para proporcionar becas a futuros médicos. ¿Es eso un trato amigo?

El Duende respondió a través de Messenger y escribió: "Sí, la Fundación del Duende se sentirá realmente honrada de ayudar a la Clínica Mayo. Solamente tienes que invitarme a un helado de *spumoni,* una vez que desarrolle la vacuna".

Este bicho suertudo se puso a trabajar. Incluso se mudó al Kahler Grand Hotel. Necesitaba privacidad, su propio espacio y un lugar donde pudiera relajarse cuando no estuviera en el laboratorio desarrollando una de las vacunas más importantes del mundo.

No quería que pasara lo que ocurrió entre 1918 y 1920. La muerte de entre 50 y 100 millones de seres humanos debido a la Gripe Española (La Muerte Azul, la llamaron también). ¿Por qué se llamó La Muerte Azul? El color de la piel y el cuerpo de los individuos infectados se pondrían azules una vez que estuvieran a punto de morir o una vez muertos.

El Duende trabajaba día y noche en el laboratorio de la Clínica Mayo. Incluso ordenó una cama inflable para dormir allí, cuando estaba demasiado cansado y no quería volver al hotel.

Él personalmente tomaba píldoras de Tylenol, Zinc y Vitamina D como cuidado preventivo. Buscaba preparar su cuerpo para evitar ser infectado por la COVID-19.

De repente, una idea como un relámpago golpeó al Duende. ¿Por qué no simplemente mezclar ajo, cebolla roja, cola de caballo, limas, naranjas, jengibre, el chipilín, Tylenol, Zinc y Vitamina D?

Comenzó a sentir palpitaciones cardíacas extremas. No podía creer que potencialmente pudiera haber reforzado la vacuna contra la COVID-19. Sabía que su héroe secreto, el Dr. James Watson, estaría realmente orgulloso de él. El Duende fue uno de los mejores estudiantes que tuvo el Dr. Watson. Aprendió mucho del ganador del Premio Nobel desde que descubrió, junto a Francis Crick, la doble hélice (o sea, la estructura del ADN). Excepto que estaba avergonzado por el hecho de que el Dr. Watson había hecho consistentemente comentarios racistas y sexistas. El Duende se avergonzó particularmente cuando este Nobel dio una conferencia en la UC Berkeley, donde expresó: "Cuando hagas entrevistas a gente gorda, te sentirás mal, porque sabes que no las vas a contratar". El Dr. Watson era un delincuente, se aprovechaba de las oportunidades. Y no veía a todo el mundo igual. Era un antigordo.

Otra gran influencia del intelecto en el Duende era Joseph Graves, Jr., a quien seguía de cerca y llegó a ser uno de sus invitados favoritos en el canal de televisión PBS, donde el Sr. Grave compartió el siguiente ejemplo:

> Hace unos años, durante el censo, un trabajador del censo vino a mi casa y quiso tomar datos sobre la composición racial de la gente que vivía allí. Abrí la puerta y me preguntó: "Bueno, ya sabes, ¿cómo te describes a ti mismo racialmente?" Y miré el formulario y dije: "Bueno, basado en el formulario que tiene aquí, lo mejor que me describiría sería como afroamericano o negro". Y entonces, ella hizo clic en la casilla "negro", y me volvió a preguntar, "Bueno, ¿cuántas otras personas viven aquí?" Y le respondí: "Mi esposa y nuestros dos hijos".

Así que, inmediatamente, fue a marcar la casilla "negro" para mi esposa y nuestros hijos. Le dije: "No, usted no me preguntó cuál era el origen étnico de mi esposa". Y en ese momento, ella dio dos pasos atrás de la puerta y se dirigió a mí con otra pregunta, "Bueno, ¿cómo describiría a su esposa?". Y yo le añadí, mirando las categorías: "No tienes una categoría para mi esposa aquí. Ella es coreana, y basado en lo que tienes en este formulario viene a ser asiática, que es la mejor suposición".

Y luego insistió con la misma pregunta pero para mis hijos: "Y bien, ¿cómo describiría a sus hijos?". Me demoré un tanto pensando, y cuando ella estaba a punto de marcar la categoría "negro", yo le dije: "¿Qué pasa?, me acabas de preguntar qué era mi esposa y te respondí que era coreana, así que, ¿cómo llegas a la conclusión de que mis hijos son negros?" En ese momento, dio otro paso hacia atrás de la puerta. Y le aclaré: "Bien, basado en las categorías que tienes, vas a tener que describir a mis hijos como otros".

Y la categoría "otro" describe lo que pasamos a diario. Cuando los niños están con mi esposa, la gente piensa que son asiáticos. Mis dos hijos tocan el piano, y cuando están en recitales de piano, la gente piensa que son asiáticos. Sin embargo, cuando hacen deporte y juegan al baloncesto conmigo, hablan de la capacidad atlética natural de mis hijos y piensan que son negros.

Así que aquí tienes a niños de ascendencia mixta que son definidos racialmente por el padre con el que se les ve y la actividad en la que participan, que coinciden con las opiniones estereotipadas de la gente sobre lo que se supone que deben hacer los grupos raciales.

Simplemente, el Duende estaba en el camino de salvar a la humanidad. Sabía que sus competidores incluían las siguientes grandes corporaciones farmacéuticas: Moderna, MRNA, Oxford Astra Zeneca, Novavax, Sanofi y Pfizer BNT 1620 MRNA.

Entonces hizo algo que no tenía precedents: rezó, rezó y rezó. Le pidió a su madre, la papisa Siguanaba, sabiduría y guía en su viaje para crear la vacuna que salvaría a la humanidad. Le envió un mensaje de texto al Cipitío para obtener algo de optimismo y este le respondió: "Aquí está tu hermano para apoyarte!".

Pasó meses y meses convirtiendo las plantas e ingredientes naturales en productos químicos. Finalmente tuvo éxito en la mezcla de los ingredientes correctos. Por fin, contaba ya con una vacuna para eliminar la COVID-19, hacerlo desaparecer. Sin embargo, descubrió que nada más tenía un 50% de efectividad, ya que la COVID-19 era como un monstruo que se desarrollaría en diferentes cadenas de virus. Tenía que encontrar una vacuna que realmente lo eliminara. El Duende perdió 10 libras, debido al trabajo agotador y a la intensa presión.

Similar a la intensidad de Greta Thunberg. Y hablando de Greta. Ella se enteró del Duende a través de una búsqueda en Google, y estaba asombrada. Un niño de diez años, de tres pies y medio de altura, un pequeño genio ambientalista. Ella tuvo que llamarlo mediante Skype y hasta por ZOOM.

Greta, finalmente, encontró a alguien con quien se podía relacionar y vio que el Duende era atractivo. De hecho, empezó a seguir a este personaje en Instagram y le envió un mensaje de que quería hablar con él por videoconferencia.

El Duende ignoró sus mensajes, puesto que su objetivo principal venía a ser hallar la vacuna contra la COVID-19. Estaba compitiendo contra China, India y Rusia.

Estaba tan jodidamente molesto de escuchar la campanita de su *smartphone*. Este cabrón aparato no costaba mucho, aun cuando era un SAMSUNG Galaxy S9 y no quería actualizarlo a un celular 5G, pues este tipo de teléfono ayuda a propagar el coronavirus —y es que inicialmente fueron producidos en China, y los trabajadores de la fábrica tosieron a propósito en el cableado interno de los celulares 5G para propagar la COVID-19 a través de las longitudes de onda producidas por los teléfonos.

Misteriosamente, el Duende recibió una foto de Pupusa y Flor de Izote.

No pudo resistirse. Hizo clic en la foto de Pupusa. Era Greta. El Duende no podía creerlo. Ella había vinculado un mensaje que decía: "Quiero hablar con usted, Duende. Le llamaré vía ZOOM desde Suecia mañana, a las 10:00 a.m., hora del medio oeste de los Estados Unidos. Conteste la llamada, por favor.

El Duende empezó a desmoronarse. Literalmente tuvo que tomar pastillas para dormir, ya que su adrenalina corría a 200 millas por hora. Tenía que completar la vacuna.

Se durmió temprano a las 11:00 p.m. con el fin de estar despierto para la llamada ZOOM de Greta. Ella llamó a las 9:59 a.m. y él respondió. La muchacha le preguntó: "¿Le gustaría hablar en inglés o en español?". El Duende le rrespondió: "Podemos hablar en inglés, cipota". Greta empezó a reírse.

Se puso manos a la obra. Ella dijo que había hecho una investigación en Google sobre COVID-19 y la cultura y la vegetación de El Salvador. Tambien le dijo que sus perros Moses y Roxy se emocionaron muchisimo en cuanto empezo sus investigaciones. "He realizado un gran descubrimiento", compartió. "Vi un video de cómo los campesinos de las pequeñas aldeas de El Salvador cultivan y luego cocinan Flore de Izote. ¿Adivina qué? ¡Esos hogares no se infectan con COVID-19! ¿Sabes lo que eso significa, duendecito chiquito?".

El Duende casi tuvo un ataque al corazón. Él le respondió: "¿Qué? ¿Quieres decirme que has descubierto la planta natural para combatir la COVID-19, y no es otra que la Flor de Izote?".

"Sí", dijo Greta con su exquisito acento sueco. "¡A la gran puta!", gritó el Duende. Greta había pedido una flor de izote para ser entregada por DHL de El Salvador a Suecia. Buscó en Google cómo cocinar la flor de izote de El Salvador. Estaba impresionada con la simplicidad del proceso de cocción. Preparó la flor de izote para su padre y para ella misma, ya que ambos habían sido identificados como positivos con COVID-19. Comieron la flor de izote con huevos revueltos. A la mañana siguiente, se despertaron completamente sanos y ambos decidieron llamar a un médico para que viniera a realizarles una nueva prueba de COVID-19 a los dos. Fue increíble, ¡ambosdieron negativo! Greta estaba asombrada y compartió con el Duende que necesitaba llegar a él y conocerlo en persona para darle la maravillosa noticia.

Greta le dijo al Duende:

He estado atrapada en mi apartamento en Suecia desde que comenzó el contagio con COVID-19. Lo menos que puedes hacer es venir a visitarme. Por favor, tráeme pupusas orgánicas. Y me gustaría ver *Titanic* contigo. Me encanta Leonardo DiCaprio y sé que su comida favorita son las pupusas. Recuerda, tendrás que traer una máscara N95, ajustada, para que estemos seguros mientras vemos *Titanic* en Netflix. Duende, ¿hay trato?

El hijo del Cadejo Blanco dijo:

Sí, llevaré una caja de N95 y mascarillas quirúrgicas para nosotros, llevaré pupusas, y me aseguraré de lavarme las manos con jabón antibacteriano. Lo menos que puedo hacer por ti es tomar unas pupusas de loroco, puesto que has descubierto la cura natural contra la COVID-19: la flor de izote. También tomaré un poco de sopa de chipilín. Tenemos que mantener esto como un gran secreto y presentarlo a la Organización Mundial de la Salud para su aprobación, antes de que Trump haga un trato con la Corporación McKesson para la exclusividad y distribución de la vacuna.

Entonces, el Duende tuvo un momento brillante, al decidir que podía enviar un correo electrónico a Jeff Bezos, el fundador de Amazon, para organizar un desayuno de trabajo. Quería proponerle a Jeff que Amazon aceptara ser el distribuidor de las vacunas del chipilin y de la flor de izote.

CAPÍTULO XI

El conocía el secreto de Jeff Bezos. De niño, este quería ser el capitán Kirk de Star Trek, o también se conformaba con ser Spock. Por lo tanto, el Duende decidió peinarse exactamente igual que el capitán Kirk. Llevaba una camisa azul claro igual que la de Spock e incluso llevaba orejas de vulcano.

Se conocieron en la Misión de San Juan Capistrano, pues al Duende le encantaba visitar las misiones de California para admirar la arquitectura y el trabajo duro de los indígenas, que en realidad fueron aquellos que construyeron las misiones. Una vez que el Duende llegó, saludó a Jeff Bezos con la señal de mano de Vulcano, dentro de la capilla de San Juan Capistrano. Donde el Padre Junípero Serra daba las misas.

Una vez que el Duende saludó a Jeff con la señal de mano de Vulcano, no fue necesario decirle nada más. El dueño de Amazon le dijo de inmediato: "Sí, Amazon distribuirá sus vacunas. Necesitamos salvar vidas inmediatamente. Por supuesto, tienes que darme el 10% de cada venta". El Duende respondió: "Nada de casas de heno pedo, 10%, trato hecho".

El Duende tenía curiosidad por saber por qué Jeff quería reunirse también en la Misión de San Juan Capistrano, del

Condado de Orange. Jeff le explicó: "Es que estoy buscando expandir más centros de distribución, y me imaginé que San Juan Capistrano sería una gran ciudad para construir nuestro próximo almacén, para distribuir más productos, especialmente su vacuna, en el OC".

Jeff acordó que enviaría un contrato de una página para ser revisado y firmado por el Duende.

Durante la reunión privada con Jeff, el Duende se abrió y le dijo que entendía por qué quería ser el hombre más rico del mundo. Su padre no estaba presente. Fue criado por un padrastro inmigrante cubano. El Duende le comentó con cierta ironía:

Quieres impresionar a tu verdadero padre para que te acepte. Entiendo el conflicto. Yo mismo detesto a mi malvado padre, que no es aceptado ni por blancos ni por negros, ya que es birracial.

El Duende reveló el último secreto y la verdadera naturaleza del Cadejo Blanco. Era similar a Spock, mitad vulcano y mitad humano. El Cadejo era mitad bueno y mitad malo. Estaba confundido y lleno de furia. Su secreto más profundo era que le encantaba vestirse de noche. Incluso se ponía la lencería que compraba en Victoria's Secret.

El Duende cometió un nuevo pecado de compartir ese humillante secreto del Cadejo, quien era un travestido.

Si El Cadejo se enteraba, la vida del Duende se acabaría. El Cadejo tendría que asesinar a su propio hijo.

Lo irónico de todo esto es que el Duende no se daba cuenta de por qué su padre lo odiaba con zaña. Tarde o temprano, la verdad siempre se revela. Y el Duende estaba a punto de descubrir que no importaba que estuviera a punto de convertirse en trimillonario a través de las vacunas

COVID-19 del chipilin y la flor de izote, y es porque había encontrado el amor con Greta.

Lo que el Duende y Jeff Bezos no se dieron cuenta es de que el líder supremo de Corea del Norte, Kim Jong-un, había pagado a sus mejores espías para grabar su conversación y reunión en la Misión de San Juan Capistrano. Los espías simplemente hackearon los celulares baratos de Jeff Bezos y el Duende. Los espías norcoreanos encendieron remotamente los micrófonos del teléfono Apple de Bezos y la red SAMSUNG 4G del Duende.

Ahora, Kim Jong-un tenía la excusa perfecta para chantajear al Cadejo Blanco. Había hecho una orden ejecutiva para que todos los perros fueran capturados y prohibidos en Corea del Norte. Él sentía que los perros estaban propagando virus y plagas mundiales. También tenía un gran plan para que los millones de perros fueran atrapados en Corea del Norte, y enseguida sacrificados y desollados, y entonces la carne sería congelada y empaquetada. De modo que este nuevo product sirviera para alimentar a su hambrienta población. Por supuesto que no le diría a su pueblo que les daría carne de perro.

Kim Jong-un también haría un intercambio con el Cadejo. El Líder Supremo proveería al engendro, padre del Duende, con la revelación de que este hijo había hablado del travestismo de su padre, y de su secreto birracial. A cambio, el Líder Supremo pediría al Cadejo que robara las vacunas del Duende y que proporcionara miles de millones de vacunas gratis a Corea del Norte. Esto ayudaría a hacer del Líder Supremo no solo un dios dentro de su propio país, sino en todo el mundo. De esta manera el Líder Supremo sería capaz de manipular y chantajear a otros líderes mundiales, claro, siempre que tuviera acceso a las últimas vacunas dla COVID-19 con el chipilín y la flor de izote.

El Líder Supremo pidió que el Cadejo Blanco se reuniera con él en Pyongyang, ya que quería acoger al Cadejo como realeza. Él le invitaría a ver una repetición del clásico juego de los Chicago Bulls que incluía a Dennis Rodman. También hizo un pedido especial al Cadejo, para que le trajera un Combo #1 de IN-N-OUT BURGER con una Coca-Cola y cebollas. Esa comida era la favorita de Kim Jong-un cuando era un estudiante de secundaria encubierto, regordete en la Escuela Media Rosemont, en La Crescenta, California. Nunca olvidó esos días americanos. Ahí es donde se convirtió en un fanático del baloncesto y un habitual de IN-N-OUT. Después de jugar al baloncesto, le encantaba ir a IN-N-OUT para conseguir los pequeños vasos blancos llenos de ketchup fresco. Le encantaba sorber y lamer el ketchup que quedaba en el fondo de los pequeños vasos de papel.

Ahora, finalmente después de décadas, volvería a comer una hamburguesa IN-N-OUT. También le pidió diez pequeños vasos blancos llenos de ketchup fresco. No podía dormir pensando en cómo se comería la hamburguesa de culo grande, llena de queso, cebollas, tomates y de esa salsa secreta. También le pidió al Cadejo que congelara su refresco que viene con el combo. Exigió que fuera Coca-Cola regular. "Nada de esa mierda de dieta", escribió en sus mensajes secretos enviados al Cadejo, a través de sus principales espías norcoreanos.

El Cadejo Blanco llevó dos combos #1 de IN-N-OUT. Uno para el Líder Supremo y el otro para su hermana, Kim Yo-jong, quien era cinturón negro en varias artes marciales y una fanática de las artes marciales mixtas.

Fue mejor recibido que cuando Donald Trump se reunió con Kim Jong-un en la zona desmilitarizada de Corea del Norte. Trump tuvo las pelotas para cruzar la línea de armisticio de 1953 que separaba a Corea del Norte de Corea del Sur. Pero Trump no tenía la vacuna para la COVID-19, mientras que el Cadejo sí la tenía.

El engendro bíblico fue recogido en la línea de armisticio y conducido en una limusina blanca a la casa privada del Líder Supremo. Construida bajo tierra. Era un *superbunker.*

Kim Jong-un esperó ansiosamente la visita privada del Cadejo, que llevaba dos maletines: uno con los dos combos IN-N-OUT y el otro con las vacunas para la enfermedad dla COVID-19, que ahora sí venía mejorado con el chipilín y la flor de izote.

El gordito y enano Líder Supremo comenzó a comer inmediatamente la hamburguesa triple de carne. De un momento a otro, como quien dice entre col y col lechuga, chupaba las pequeñas tazas blancas llenas de *ketchup.* Así, en sus recuerdos, estaba de vuelta en La Crescenta, y recordaba sus salvajes noches de visita a los IN-N-OUTS, ubicados en Glendale y Burbank. De hecho, abrazó al Cadejo y una lágrima cayó por su mejilla. ¡Las malditas cebollas eran poderosas!

Kim Jong-un fue directo: "Vamos al grano. Cumpliste tu parte del trato y ahora tengo la grabación secreta de la reunión del Duende con Jeff Bezos". Enseguida el Cadejo Blanco le entregó los maletines con las vacunas y el Líder Supremo le dio la copia de la grabación que fue colocada en un dispositivo especial que podía ser conectado a casi cualquier teléfono celular para escuchar la grabación.

El Cadejo Blanco estaba salivando para escuchar

la grabación secreta. Kim Jong-un y el otro pequeño monstruo mantuvieron una distancia social de seis pies. Empezaron a escuchar la conversación, y enseguida se oyó la parte aterradora. En eso, al Cadejo le dio por temblar de nerviosismo y furia. Escuchó al Duende decirle a Jeff Bezos lo siguiente: "Mi padre cadejo es birracial y travestido por las noches".

El Cadejo dejó escaper un largo aullido. Y siguió aullando, y lo hacía tan fuerte. tan fuerte que casi todo el mundo en Corea del Norte se estremecía al oír su malvado aullido. Sus ojos se volvieron rojo brillante. Incluso el Líder Supremo estaba asombrado y sorprendido por un miedo extremo. Finalmente se dio cuenta de que literalmente había invitado al diablo a su casa.

El Cadejo no pudo soportar la furia. Silenciosamente murmuró las siguientes profundas palabras: "Torturaré, asesinaré y me comeré al Duende". Está muerto para mí. No es mi hijo. ¿Cómo puede ser mi hijo si yo soy negro y él salió blanco? ¡Detesto a los blancos!".

Kim Jong-un y sus guardaespaldas comenzaron a ver como el Cadejo se transformaba en una mezcla de blanco y negro. Y de pronto, comenzó a mutar en perro-lobo, con un aspecto aun mucho más malvado. Sus dientes eran muy afilados y su cuerpo extraordinariamente grande y musculoso. Las garras de se convirtieron en zarpas enormes. Sus testículos se vieron más grandes que las bolas de un elefante.

Kim Jong-un se sintió tan intimidado que empezó a beber su Coca-Cola sin pajilla. Sus guardaespaldas no podían herir ni matar al hijo del Príncipe de las Tinieblas, que ahora era el CADEJO.

Una de las armas secretas de aquella aberración diabólica era su orina. Se inyectaba a propósito el coronavirus o cualquier otro virus para contaminar a sus enemigos y se orinaba sobre ellos a propósito para infectarlos.

Ese era su plan. ¡Iba a mear sobre el Duende!

Le espetó al Líder Supremo: "Me tengo que ir a la mierda. Nos vemos cerote dictador".

El Líder Supremo se quedó sin palabras. Su traductor le comunicó lo que el Cadejo le había expresado antes de irse. Por supuesto, tradujo de otra manera diciendo: "Disfruta de tus papas fritas, gordito Teletubby". El Líder Supremo empezó a quebrarse incontrolablemente y comenzó a bailar la *Danza Feliz de Elmo*. Le encantaban los Muppets.

Unos días después, el Líder Supremo cayó en un profundo coma. El cabrón del Cadejo, había orinado a propósito en su hamburguesa.

Volviendo al pequeño cabrón del Duende. A este le encantaba visitar Suecia desde que salió con Greta. Empezó a enamorarse de ella porque le recordaba a Heidi, la chica de los Alpes, un dibujo animado que veía asiduamente en El Salvador.

Un día, incluso, tuvo un desliz freudiano y llamó a Greta, "Heidi". Ella se enojó y le echó una mirada mortal. Por supuesto, el Duende fue astuto y le dio una peperecha para que recuperara la compostura y volviera a amarle. Por supuesto, mantuvieron el amor de una manera real a unos seis pies de distancia. Una vez que el Duende y Greta se pusieron cariñosos, el Cadejo tuvo que arruinarlo todo. El cabrón le envió un mensaje al Duende, en medio de su Karaoke cantando la canción "Te Quiero", de Luis Miguel.

El Cadejo iba a hacer con su propio hijo lo que haría un

gangster, y empezó a llamar: "¿Que le den a ese?". El Duende se sorprendió de que su padre, un imbécil, se refiriera a él como "ese". Entonces fue frío y refunfuñó: "No me llames 'ese', amigo. Ya no golpeo. Voy a ser el primer trimillonario indígena de piel clara del mundo. Llámame, Sr. Duende".

El Cadejo Blanco gruñó y decidió convertirse en el engañoso cadejo —como el mismo diablo— cuando engañó a Adán y Eva hablando a través de una serpiente. Los sedujo a ambos para que comieran el fruto prohibido.

El Cadejo le dijo a El Duende que se reuniera con él. Este último respondió diciendo: "Lo pensaré. Estoy ocupado ahora mismo. Te enviaré un mensaje de texto cuando tenga más tiempo y cuando esté listo para reunirme".

Mientras tanto, el Duende comenzó a implementar su sistema de distribución con Amazon. Jeff Bezos abrió nuevos centros de distribución y almacenes en todo el mundo. Necesitaba duplicar, y posiblemente triplicar, su capacidad. Contrató a millones de nuevos trabajadores a 15 dólares la hora, en cualquier país, con la posibilidad de promociones y aumentos de sueldo.

El Duende había solicitado ser un líder benevolente en la distribución de las vacunas para la COVID-19. También fijó el precio de cada vacuna en 20 dólares. Y lo explicó: "¿Cuánto vale una vida para salvar? 20 dólares es un trato bastante bueno, sin impuestos ni gastos de envoi". La Fundación del Duende decidió cubrir los impuestos y los gastos de envío.

Vladimir Putin y otros líderes mundiales, solicitaron reuniones privadas con este cachorro infernal. Querían conseguir las vacunas del chipilín y flor de izote para combatir el coronavirus y otras enfermedades.

Jeff Bezos incluso asumió el personaje del capitán Kirk y comenzó a decirle a su equipo de liderazgo "a toda velocidad". Y también, parafraseaba a Spock diciendo: "las necesidades de los muchos son grandes. Necesitamos llevar la vacuna a todos".

Se contrataron entre 50 y 100 millones de nuevos empleados en todo el mundo para administrar los centros de distribución y para conducir los camiones y manejar los aviones teledirigidos y, de hecho, llevar las vacunas a las aldeas remotas.

CAPÍTULO XII

Se empezó a correr la voz de que el Duende y Greta habían descubierto la magia para combatir y curar la COVID-19.

Comenzaron a convertirse en nombres familiares. Los niños comenzaron a recibir la vacuna a través del Amazonas; y las familias estaban siempre agradecidas. La gente en la India le pedía a los conductores que, por favor, le dieran las gracias al Duende y a Greta. Que eran verdaderos héroes.

La gente empezó a escribir cartas, correos electrónicos y a publicar en los medios sociales cómo el duro trabajo del Duende en los laboratorios de la Clínica Mayo había dado sus frutos en la creación de la vacuna para el coronavirus. Algunos también le darían crédito a Greta por descubrir los poderes naturales de curación de la flor de izote. Por supuesto, como era mujer, muchas de las sociedades patriarcales y machistas se negarían a reconocer sus contribuciones. Por lo tanto, el Duende se llevó todo el crédito. Esto reflejaba otros logros científicos, artísticos y políticos. Las mujeres, a veces, eran las que hacían sorprendentes descubrimientos en la ciencia, o pintaban increíbles niños de ojos grandes o dirigían los esfuerzos iniciales de organización en la creación de sorprendentes movimientos sociales. Greta era muy consciente de esto y le dijo al Duende: "¿No crees?". Entonces, le comenzó a educar sobre Henrietta Lacks, Fannie Lou Hamer, Shirley Chisholm, Margaret Keane y Mary Moreno.

El Duende preguntó: "¿Quiénes eran?". Henrietta Lacks era una mujer negra cuyas celdas fueron robadas sin su consentimiento y se han logrado muchas curas médicas de los miles de millones de celdas que salieron de ella. Fannie Lou Hamer era una mujer fuerte que luchó en el Sur por los Derechos Civiles. Trabajó las tierras y fue una inspiración para miles de personas a las que ayudó a organizarse y a empoderarse. Shirley Chisholm fue la primera mujer negra candidata a la presidencia de EE.UU. en la década de 1970. Margaret Keane pintó increíbles retratos de niños con ojos enormes, un talento artístico asombroso. Pero su marido solía fingir ante el mundo que los había pintado él, cuando en realidad, Margaret Keane era la artista. María Moreno comenzó a organizar trabajos agrícolas en California en los años 50 y 60 antes de la Unión de Trabajadores Agrícolas (UFW), de César Chávez. ¿Qué hay de Hedy Lamarr, una bella actriz de fama mundial que fue inventora. A ella se le ocurrió la idea y patentó una tecnología asombrosa, pero nunca se le dio el crédito apropiado ni pagó por su asombroso invento que patentó a través de: https://patents.google.com/patent/US2292387.

El Duende quedó impresionado una vez que Greta le enseñó la historia de las mujeres que no recibieron el crédito apropiado por sus increíbles contribuciones a la mejora de nuestro mundo. Lo mismo le pasaba a Greta, pero a ella le importaba una mierda. Ya era muy conocida en todo el mundo y podía mantenerse firme.

Era una mujer verdaderamente independiente. El Duende tuvo la suerte de que se enamorara de su pequeño culo.

El Duende se estaba volviendo aún más popular que el Cipitío y la Siguanaba. La gente comenzó a poner su retrato en sus paredes y en sus páginas/postes de Facebook e Instagram.

Algunos incluso comenzaron a colocar su pequeño retrato en sus collares hechos por Roberto Coin. Incluso Roberto Coin quería conocer y pasar el rato con el Duende. Estaba abrumado por la adulación y el amor. Finalmente, su corazón se llenó de positividad y sintió que el vacío de la soledad se estaba reparando. Siempre anhelaba el amor de su padre y su madre. Era un niño abandonado.

Empezó a hacer introspección y comenzó a darse cuenta de que buscaba afirmación y amor. Y que finalmente, a través de su asombroso coeficiente intelectual y nivel intelectual, fue capaz de desarrollar una vacuna conocida y necesaria en todo el mundo contra la COVID-19.

Los programas *60 Minutos* y *Aqui y Ahora,* de Univisión, decidieron hacer historias especiales y exclusivas sobre el Duende. Estaban sorprendidos de no haber oído hablar realmente del pequeño vato.

Los productores investigaron sus antecedentes y se sorprendieron de que viniera de un pequeño pueblo de El Salvador. Que jugaba libremente en la naturaleza y vivía de las frutas y verduras que cultivaban los campesinos. Él mismo era un campesino que vivía en una pequeña choza. No podían entender cómo una persona que venía de tanta pobreza, podía ser tan inteligente como para haber desarrollado la vacuna contra la COVID-19. Los productores de *60 Minutos* comenzaron a insinuar que el Duende probablemente había robado la vacuna de los renombrados médicos y científicos de la Clínica Mayo. Incluso llegaron a contactar con el Dr. Gianrico Farrugia, el presidente y CEO de la Clínica Mayo. A este le sorprendió que cuestionaran la integridad del Duende.

Farrugia estaba enojado porque no había tomado su café expreso diario. Le dijo a *60 Minutos:* "Miren, cabrones, solo porque venga de un ambiente de pobreza no significa que no sea inteligente. Él es en realidad el ser humano más inteligente según Mensa International. ¿Son ustedes mensos?"

Los productores de *60 Minutes* tuvieron que buscar qué era Mensa, y se sorprendieron al descubrir que el Duende era el president y el líder no oficial de Mensa International. Una organización que nada más acepta a los seres humanos más inteligentes del mundo; y si el Duende era el presidente. vendría a ser seguro porque era el más inteligente. Entonces, buscaron en Google lo que quería decir la palabra "mensos" y se sorprendieron al descubrir que simplemente significa "tontos".

Los de *60 Minutos* tuvieron que vencer al otro programa *Aqui y Ahora* en la reserva del Duende. Ellos tenían que ser los primeros en entrevistar y hacer un perfil del pequeño cabrón que descubrió la vacuna para la COVID-19.

Hicieron que la productora bilingüe llamara al Duende, ya que como ella tenía acento, se asumió, de hecho, que este también tendría acento. Los productores querían ser amigables, cuando ella (la productora) llamara al Duende. Ella obtuvo su número de móvil del Dr. Farrugia, y empezó la conversación diciendo: "¡Hola Guanaco!" y el Duende se encabronó mucho. Él se explayó de inmediato: "¿Quién es esta? ¿Eres una exchola de 18 años?". La productora de *60 Minutos* se aclaró la garganta y dijo enseguida:

No señor, llamo del programa *60 Minutos*. Ese fue mi amigo del barrio quien que te llamó. Pero soy yo quien realmente quiere hablar con usted, ya que me gradué en una escuela de la Ivy League.

El Duende simplemente preguntó: "¿Qué quieres?", y la productora le explicó lo que su programa pretendía:

Nos gustaría entrevistarte por 60 minutos. Nos gustaría llevarte en avión a El Salvador, para visitar tus humildes comienzos y mostrar tu asombrosa trayectoria. Nos gustaría convertirte en un héroe internacional. ¿Está usted de acuerdo, Sr. Duende?

Él respondió:

Sí, amiga. Todo está bien. Será mejor que grabes mi mejor lado de la cara para la entrevista. Y quiero un maquillador profesional, un estilista y expertos en iluminación y audio profesionales. No quiero internos haciendo mi perfil. ¿Lo entendiste, chica de la Ivy League?

La mujer se ofendió porque usó el término chica, pero necesitaba la historia exclusiva y tuvo que darle un pase al Duende, ya que estaba impresionada de que una persona de tres pies y medio de altura pudiera tener tal poder cerebral.

La productora le anunció: "Le enviaremos por correo electrónico todos los detalles y anexos del papeleo que necesita llenar y darnos la exclusividad y el permiso para entrevistarlo". El Duende simplemente respondió: "Lo tienes chica". Y para joder, tarareó a propósito la canción de Nick Jr. Girl Power, justo antes de colgar. La productora estaba en *shock*. Acababa de hablar con la persona más inteligente del mundo y él estaba tarareando la canción de Nick Jr. Girl Power, y no estaba siendo políticamente correcto ni cortés.

Bill Owens, el productor ejecutivo, estaba eufórico cuando la productora le informó que había conseguido al Duende.

Owens convocó una reunión del equipo ejecutivo. Dijo que esta sería una de las entrevistas de perfil más importantes que se harían en *60 Minutos;* y que no habría límite de recursos. Dijo que George Soros, Michael Bloomberg, Françoise Bettencourt Meyers y Jacqueline Mars estaban personalmente interesados en este próximo perfil. Y cada uno había acordado donar para los costos y la producción del episodio especial. Jacqueline Mars incluso había acordado proporcionar un año de caramelos de chocolate gratis a todo el personal de *60 Minutes*. Todo el personal estalló en aplausos y jadeó con el asombro de tal generosidad.

Primero, harían un perfil del pequeño pueblo donde creció el Duende. Entrevistarían a personas que le conocieron de niño, y también a Joaquín Villalobos, puesto que este había entrenado al Duende para convertirle en un mortal comando urbano durante la guerra civil salvadoreña.

También enviarían a los productores e investigadores privados a buscar los secretos que encontraran en relación con el Duende. Tenían que ir a los guetos y prisiones, donde residían algunos de los amigos gángsters de este sabichoso pequeño malandrín. Tenían que entrevistar a los líderes de la mafia mexicana que eran originarios de la calle 18 y que habían hecho tiroteos desde un coche y pintado grafitis junto al Duende.

Uno de los principales hallazgos de uno de los investigadores privados encubiertos fue que este granuja, bellaco y villano fue apodado el "Ch'orti" por los disiocheros. Fue el más bajo en estatura y obtuvo el más alto nivel de liderazgo dentro de la calle 18 y asimismo el primer salvi admitido como carnal de pleno derecho (o miembro de alto rango) de la mafia mexicana. Sin embargo, en su limpia personalidad intelectual, fue conocido como el Duende.

No sólo se le llamaba el Ch'orti por su altura, sino porque provenía de la tribu indígena maya conocida como los Ch'ortis en El Salvador, Honduras y Guatemala. Pero el Duende había ocultado sus raíces indígenas desde que salió del chelito o el guerito. De piel clara, hasta el punto de ser confundido como un posible miembro de la Hermandad Aria (AB) o un miembro de Orgullo del Niño.

El programa *60 Minutos* hizo récord con esa entrevista. Encontró que la historia de este bellaca criatura era similar a la de Charlie Chaplin. Venía de la extrema pobreza, tenía una madre que no era estable, pero era sorprendentemente talentosa y motivada. Y el Duende, por herencia de su madrre, tenía un coeficiente intelectual más alto que Albert Einstein. Nació con el don de una materia gris masiva en su cerebro.

Era superlúcido cuando se trataba de ciencia y matemáticas. Sabía de biología, anatomía, física, cálculo, física cuántica, a nivel de doctorado. No había límite para su poder cerebral; y *60 Minutos* se centraría en sus increíbles habilidades intelectuales para mostrar al Duende trabajando en el laboratorio de la Clínica Mayo, desarrollando la vacuna para la COVID-19. Y todo esto, el programa lo vino a exponer con imágenes nunca antes vistas de las grabaciones de vdeo del propio teléfono inteligente del Duende.

También tuvieron que añadir una noticia impactante dentro del episodio, para mantener a la audiencia hechizada hasta el final. Una entrevista exclusiva del Duende, revelando su próximo gran proyecto. El desarrollo de una vacuna para curar el racismo. Eso pondría al programa *60 Minutos* por delante de *Aqui y Ahora* con los índices de audiencia de Nielsen. ¿Quién entrevistaría al Duende? ¿Lesley Stahl o Bill Whitaker? Owens decidió tener a ambos en la historia. Stahl haría la historia de fondo de El Salvador y Bill Whitaker haría el uno a uno con el Duende.

El episodio estaba saliendo de maravilla. Solo necesitaban que Bill Whitaker y el Duende hicieran la entrevista personal en la Clínica Mayo, donde el prodigio de la criatura mostraría su genio científico en la creación de la vacuna contra la COVID-19 y también su gran proyecto secreto: encontrar la cura para el racismo.

La entrevista fue preparada y Bill Whitaker voló con su equipo de *60 Minutos* a Rochester, Minnesota, para reunirse con el Duende en el Kahler Grand Hotel; y luego darían un paseo a las cámaras del laboratorio ultrasecreto de la Clínica Mayo.

Whitaker estaba un poco nervioso, ya que sabía que el Duende había sido un despiadado asesino de guerrillas y asimismo un gángster asesino. Sin embargo, esta sabandija se había reformado y ahora era un héroe y un genio científico de renombre mundial.

La entrevista comenzó y el Duende había decidido llevar su bata de laboratorio con su nombre bordado del DUENDE.

Ambos se sentaron y el equipo de televisión ya había instalado las cámaras y la iluminación, mientras maquillaban a la criatura más resbaladiza de todos los tugurios infernales.

El Duende se veía magnífico. Whitaker comenzó la entrevista preguntándole: "¿Cómo se le ocurrió la vacuna para la COVID-19?". El Duende respondió:

Bueno, ahora que he patentado y registrado mi vacuna contra la COVID-19, puedo decirte, Bill, que utilicé dos poderosos ingredientes vegetales: Crotalaria longirostrata (el chipilín) y la flor de izote, es que es la flor nacional de El Salvador.

Y así, este pequeño engendro, arrogante y siempre seguro de sí mismo, se levantó de su silla y decidió mostrarle a Bill Whitaker cómo mezcló los diferentes químicos con el chipilín y la flor de izote. Bill no podía creer lo que estaba viendo. Era increíble. Las imágenes de *60 Minutos* fueron poderosas. Para concluir, la última petición para este genio demoníaco, era que anunciara su próximo gran proyecto.

◆ ◆ ◆

Una vez que el Cadejo Blanco llegó, su pito estaba duro como un clavo. Tuvo que ponerse un suéter encima del pene para cubrir el bulto/la salchicha. La salchicha grande.

La papisa Siguanaba lo recibió en su búnker secreto. El cuarto de joroba donde se realizaban las fiestas de sexo salvaje.

El Cadejo Blanco no podía creer lo que veía. La papisa Siguanaba llevaba su mejor lencería y sus ojos se volvían de un rojo brillante. Las bolas del padre del Duende comenzaron a temblar con anticipación. Parecía un toro que se había mantenido alejado de las vacas. Mugió.

La Siguanaba le dijo que irían a la sala secreta de la cámara de tortura y él la siguió, sin hacer preguntas. Su encuentro con ella parecía exótico. Al llegart a la recámara ella simplemente comenzó a vestirlo con su atuendo de cuero favorito y le exigió que usara una máscara de cuero para protegerse de la COVID-19. Él estaba más que contento de cumplir con lo que ella le pedía. Lo encadenó y también lo esposó. A él le encantaba que le azotaran antes de tener relaciones sexuales.

La Siguanaba preguntó al Cadejo si le habían inyectado la vacuna de la gripe. Él le respondió que "no". Ella le habló entonces con una hermosa sonrisa enigmática: "Bueno, tengo una verdadera sorpresa para ti. Tengo una inyección de la vacuna contra la gripe lista para ti". Y empezó a sacarle la mierda hasta el punto de que se orinó encima. De nuevo, le preguntó: "¿Estás listo para la inyección de la gripe mi perro?", y él aulló y dijo: "Joder que sí". La Siguanaba inmediatamente procedió a inyectarle en una de las nalgas. Pero esta vacuna llevaba una sustancia secreta que servía para realizar un exorcismo real.

Tan pronto como le inyectó aquella agua bendita, original de Oriente Medio y empleada por Juan el Bautista en su momento, el pito y el corazón del Cadejo Blanco dieron inicio a su ablandamiento. Miles de espíritus malignos comenzaron a escapar de su cuerpo. Salían por la boca, los ojos, los oídos, el pito y hasta por el culo. Fue una escena increíble. Más dramática que el vómito de aguacate que salió expulsado por la boca de Linda Blair en la película *El Exorcista*.

La Siguanaba sostenía a propósito un espejo ante el Cadejo donde tenía que enfrentarse a sí mismo. Finalmente se dio cuenta de que había sido un gemelo unido, pero separado al nacer, que el Cadejo Blanco y el Cadejo Negro eran UNO! Uno solo, y que ya no se veía ni blanco ni negro, y que se reflejaba como tornasolado

Una vez que el cuerpo del Cadejo expulsó a todos los demonios malignos. Finalmente, los brillantes ojos rojos desaparecieron, y pudo murmurer: "Me engañaste, Siguanaba". Y esta complejísima mujer (que alternaba el Bien con el Mal) se abrió con su risa malvada y dijo:

Si, hijo de la gran puta. Ahora soy oficialmente tu dueña y no tienes poderes malignos extraordinarios. Los demonios han sido expulsados, ¡para siempre! Ahora obedecerás todas mis órdenes.

Y el Cadejo susurró: "Ahora soy mason, y estoy aquí para ayudar y proteger a los humanos".

Dicho esto, el Cadejo rompió a llorar incontrolablemente, para concluir gimiqueando: "Si, lo que Ud. ordene papisa Siguanaba. Ahora eres mi maestra". En ese momento, le rogó que cantaran Karaoke y que se abrazaran con fuerza. Pidió la canción de "El Progreso", de Roberto Carlos, para que la cantaran juntos y celebrar su exorcismo, y su nueva vida como el primer perro oficial del Vaticano: el Cadejo Bueno.

Cantaban juntos; y ambos lloraban y lloraban y casi gritaban a todo pulmón:

Yo quisiera poder aplacar una fiera terrible

Yo quisiera poder transformar tanta cosa imposible

Yo quisiera decir tantas cosas que pudieran hacerme sentir bien…

Yo quisiera poder abrazar a mi mayor enemigo

§§§

Yo quisiera no ver tantas nubes oscuras arriba.

Navegar sin encontrar tantas manchas de aceite en las yeguas.

Y ballenas desapareciendo por falta de escrúpulos comerciales.

Yo quisiera ser civilizado como los animals.

La, la, la, la…

Yo quisiera ser civilizado como los animals.

§§§

Yo quisiera no ver tanto verde en la tierra muriendo.

Y en las aguas del río los peces desapareciendo.

Yo quisiera gritar que ese tal oro negro no es más que un negro veneno.

Ya sabemos que por todo eso vivimos, ya menos.

§§§

Yo no puedo aceptar ciertas cosas que ya no comprendo.

El comercio de armas de guerra de muertes viviendo.

Yo quisiera hablar de alegría en vez de tristeza, mas no soy capaz..

Yo quisiera ser civilizado como los animals.

La, la, la, la…

Yo quisiera ser civilizado como los animales.

La, la, la, la…

Yo quisiera ser civilizado como los animals.

La Siguanaba habló en voz alta como haciendo una pregunta para que la oyera el mundo entero:

Al final, nos dimos cuenta de que el Cadejo Blanco y El Cadejo Negro están en todos nosotros. Al final, depende de cada individuo, elegir entre ser bueno o malo: ¿Qué eliges ser tú, Cadejo?.

También quería compartir otro mensaje con el mundo, citando a Mateo 7:

> No juzguen, o ustedes también serán juzgados. 2 Porque de la misma manera que juzguéis a los demás, seréis juzgados, y con la vara que uséis para medir, os seréis medido.

Una vez que salió de su trance filosófico-religioso, la Siguanaba decidió escuchar la canción de ABBA "The Winner Takes it All", mientras se acostaba en la cama acariciando al Cadejo, y él sollozaba como un pequeño chucho/perro:

No quiero hablar

Sobre las cosas que hemos pasado

Aunque me duele...

Ahora es historia

He jugado todas mis cartas

Y eso es lo que tú también has hecho.

No hay nada más que decir

No hay más as para jugar

El ganador se lo lleva todo

El perdedor se queda pequeño

Además de la victoria

Ese es su destino.

Yo estaba en tus brazos

Pensar que pertenecía allí

Me imaginé que tenía sentido

Construirme una valla

Construirme un hogar

Pensando que sería fuerte allí

Pero fui un tonto

Jugar según las reglas

Los dioses pueden tirar un dado

Sus mentes son tan frías como el hielo

Y alguien de aquí abajo

Pierde a alguien querido

El ganador se lo lleva todo

El perdedor tiene que caer

Es simple y es sencillo

¿Por qué debería quejarme?...